宿

小料理のどか屋 人情帖13

倉阪鬼一郎

時代小説

二見時代小説文庫

ほっこり宿——小料理のどか屋 人情帖13

目次

第一章　砂金《さきん》寿司

一

岩本町《いわもとちょう》の角《かど》に、真新しいのれんがかかった。

品《ひん》のいい黄橡《きつるばみ》ののれんの隅に、控えめに「小菊《こぎく》」と記されている。

今年の三月二十一日までは、ここには小料理のどか屋ののれんがかかっていた。しかし、ひと月経ったいま、見世《みせ》の装いはすっかり変わってしまった。

「いらっしゃいまし」

見世に入ってきた客に向かって、あるじの吉太郎《きちたろう》が声をかけた。

「お待ちしておりました」

おかみのおとせもいい声で和した。ややこが宿っているおなかは、もうだいぶ大きくなってきている。

「お邪魔するよ」

「なんだか妙な感じね。お客さんでのれんをくぐるのは」

男女の客が言った。

時吉《ときよし》とおちよだ。のどか屋のあるじとおかみとして、同じところにのれんを出していた。

ところが、今日は客として「小菊」の真新しいのれんをくぐってきた。

これには深いわけがあった。

江戸の町を、またしても大火が襲った。一人息子の千吉《せんきち》をつれて、命からがら逃げ延びた時吉とおちよだが、岩本町にのどか屋ありと謳《うた》われた見世は焼けてしまった。

紆余曲折《うよきょくせつ》があり、さまざまな人の助けも得て、のどか屋は横山町《よこやまちょう》に旅籠《はたご》付きの小料理屋として再開することになった。

旅籠に小料理屋が付いていると言うほうが普通だが、あくまでも小料理屋のほうが看板の、江戸でここしかないところにするつもりだった。むろん旅籠の泊まり客も来るが、小料理だけを目当てにのれんをくぐってくれてもいい。そんな一風変わった見世だ。

もう絵図面はできあがり、あとは普請《ふしん》を待つばかりになっていた。大工衆にも知り合いがいるから、いざ普請が始まればいい按配《あんばい》に進んでいくだろう。

「どうぞこちらへ」

おとせが座敷を手で示した。

まだ若い畳の上に膳がいくつも置かれている。その奥に、時吉とおちよの席が設けられていた。

「ちゃんと上座《かみざ》は空けてあるからね」

先に来ていた寅次《とらじ》が言った。

湯屋のあるじで、おとせの父親に当たる。いるだけでにぎやかになる、岩本町の名物男だ。

湯屋も半焼けになったが、どこよりも早く立て直した。寅次と女房、それに跡取り息子が力を合わせて切り盛りしている。おとせと吉太郎の門出《かどで》を祝う宴だが、町の衆の楽しみを奪うわけにはいかない。宴には寅次だけ顔を出し、女房と息子はいつもどおり湯屋を開いていた。

「今日は『小菊』さんの祝いじゃなかったんですか？」

いくらか片づかない顔で、おちよが問うた。

「いや、それもあるけど、もともとここはのどか屋だったんだ。時吉さんとおちよさんに上座に座ってもらわなくちゃ」

湯屋のあるじは、まだいい香りのする畳を指さした。

「そうそう。長年慣れ親しんだ岩本町を出て行くんだから、時さんとおちよさんの門出を祝う宴でもあるわけだ」

寅次の横に座った白い眉の老爺《ろうや》が言った。

隠居の大橋季川《おおはしきせん》だ。俳諧師としてそれなりに知られており、おちよの師匠にあたる。のどか屋の一枚板の席には欠かせない常連だった。

「ご隠居さんにそう言われたら、座らないわけにもいかないわね、おまえさん」

と、おちよ。

「なら、失礼してこちらに」

時吉がまず腰を下ろした。

「あっ、みけちゃんおいで」

おちよも座って、ひょこひょこと近づいてきた猫を呼んだ。

火が出たとき、のどか屋には四匹の猫がいた。守り神ののどか、その娘のちのとみけ、それに、ちのの娘のゆきだ。

そのうち、三匹は首根っこをつかんで倹飩箱《けんどんばこ》へ入れ、一緒につれて逃げた。いまは浅草《あさくさ》の福井町《ふくいちょう》の長吉屋《ちょうきちや》でのんびりと過ごしている。長吉はおちよの父で、時吉の料理の師匠だ。

一匹だけ、みけが逃げてしまった。多くの家と人命が失われた大火だったからずいぶん案じていたが、のどか屋の焼け跡を訪れたとき、うれしいことにひょっこり姿を現してくれた。

ところが、連れて帰ろうとしても妙に嫌がる。座敷があったところを寂しそうに引っかいたりする。

みけは岩本町ののどか屋で生まれ育った猫だ。どうやらさまざまな思い出のあるこの場所を離れたくないらしい。

その様子を見ていたおとせと吉太郎が、それなら装いを新たにした「小菊」で飼わせてもらえないかと申し出た。そういういきさつで、みけは真新しい座敷にいるのだった。

「さ、おいで」

おちよが呼ぶと、三色《みいろ》の柄《がら》が愛らしい猫は「みゃ」とひと声ないてひざに飛び乗った。

「やっぱり、元の飼い主は分かるんだね」

隠居が言う。

「そりゃそうだよ。かわいがってもらってたんだから」

寅次が和した。

「これから『小菊』の看板猫になるんだよ。おばあちゃんののどかがうちの看板猫だったみたいにね」

おちよがそう言いながらなでてやると、みけはごろごろと大きな音を立てて喉を鳴らしはじめた。

「のどかにはこれからも看板猫をやってもらわないと」

時吉が言った。

「ああ、そうね。あの子は気が若いから。……はい、いい子だね」

おちよは指で喉をなでてやった。

これから「小菊」の看板猫になるみけは、気持ちよさそうに目を細くした。

二

その後も次々に招かれた客が姿を現した。

吉太郎とおとせの朋輩《ほうばい》や、「小菊」の元からの常連に加えて、のどか屋の二人に縁のある者も座に加わった。

火消しのよ組のかしらをつとめている竹一《たけいち》と纏《まとい》持ちの梅次《うめじ》。気のいい野菜の棒手振《ぼてふ》りの富八《とみはち》といった面々だ。

頭数《あたまかず》がおおむねそろったところで、酒と料理が次々に運ばれてきた。

「お手伝いしましょうか」

おちよが腰を浮かせたが、すぐさまおとせに止められた。

「いえいえ、今日はいちばんのお客さまですから、奥に座っていてください」

身重《みおも》だが、まだ普通にお運びができるおとせが言った。

「これはまたいきなり華やかな料理が来たね」

隠居が盆を指さした。

「はい、砂金寿司でございます」

吉太郎が笑顔で答えた。

「なるほど、砂金袋に見立ててるわけか」

「豪勢ですね、かしら」

丸に「よ」と染め抜いた、誉《ほま》れの半纏《はんてん》をまとった火消し衆が言う。

砂金袋は薄焼き玉子でつくる。よく溶きほぐした玉子に水で溶いた片栗粉と塩をまぜ、一度こしてから使う。浅い鍋に油を引き、ゆっくりと回しながら薄焼き玉子をつくっていく。

焦がさずに黄金色《こがねいろ》に仕上げるのはなかなかの手わざだが、さすがは細工寿司の修業をした吉太郎で、つややかな玉子はまさに黄金の輝きだった。

寿司飯には、細かく刻んだ穴子《あなご》や干瓢《かんぴょう》や椎茸《しいたけ》、それに車海老《くるまえび》を加える。干瓢は長めのものも用意し、薄焼き玉子の袋に飯を詰めてから器用に口を閉じてやる。

その上に、彩りになるものを置く。寿司飯にも使った車海老や穴子、それに胡瓜《きゅうり》の青みを添える。

これだけでも十分に美しいが、黒塗りの盆の上に梅酢で赤く染めた蓮根《れんこん》の輪切りや桜の葉をさりげなく置いてやると、なおいっそう彩《いろど》りが引き立つ。赤と緑のおかげで、砂金袋の黄金色が映えるのだ。

「お次は、手綱《たづな》寿司でございます」

吉太郎が厨《くりや》から出て、寿司桶を運んできた。

「一枚板のお席には、あとでお出ししますので、いま少しお待ちくださいまし」

そこに陣取っている「小菊」の常連たちに向かって、吉太郎はていねいに言った。

「気を遣《つか》わねえでくれよ」

「おれらは末席の客だから」

「とりあえず酒が来てんだから、間はいくらでももつぜ」

そろいの作務衣《さむえ》の職人衆が、まだ若いあるじに声をかけた。

のどか屋に倣《なら》って、「小菊」にも檜《ひのき》の一枚板の席をつくった。湯屋の斜向かいで見世を開いていたときも一枚板の席はあったが、板は真新しくなり、まだそこはかとなく木の香りが漂っている。

「小菊」になかったのは座敷だった。なにぶん間口が狭いため、客は一枚板の席にしか入れない。あとは寿司やおにぎりの持ち帰りがもっぱらで、座敷のある見世は吉太郎とおとせの夢だった。

大火のせいでこうなったのだから、むろん手放しでは喜べないが、その夢はこうしてかなえられた。今日はその門出の宴だ。

「美しいものがまた来たね。目が覚めるような色合いじゃないか」

隠居が瞬きをした。

「海老に胡瓜に玉子に細魚《さより》」

「それに、鮪《まぐろ》の浸《づ》け」

火消し衆が指を折る。

「色とりどりで目移りがするな」

時吉が言った。

「ほんに、どれから食べるか、箸が迷うわね」

おちよがおとせにほほ笑みかけた。

「どうぞたんと召し上がってくださいまし。どんどんお持ちしますので」

座敷ができて気が張っていると見え、ずいぶんと顔色のいい若おかみが言った。

玉子の金《きん》に細魚の銀。同じ赤でも海老と鮪は違う。そういったどんな色にも合うのが飯の白だ。

もちろん、味も響き合う。

「うめえ」

「酢の按配がちょうどいいぜ」

「山葵《わさび》の効き具合もな」

　客の評判は上々だった。

　手綱寿司は簀《す》の子《こ》の上に具を斜めに置いていく。同じ赤が続かないように、出来上がりの景色を思案しながら置くのが骨法《こつぽう》だ。

　その上に、長い棒のなりに整えた酢めしを置き、簀の子を巻いてぎゅっと押さえる。形がなじむまで時を置いて簀の子を外し、手際よく切ってやれば、思わずため息が出るほど美しい手綱寿司になる。

　手綱寿司がまだ半ばほど残っているのに、もう次の寿司が運ばれてきた。

　今度は桜巻きだ。

　塩漬けにした桜の葉で寿司飯を巻いた珍しい寿司だった。

「桜餅なら何度も食ってるけどよ」

「寿司を包んであるのは初めてだな。細魚と合うじゃないか」

「ここでも山葵が効いてら。うめえよ」

　職人衆がうなる。

「桜漬けが添えてあるのも粋《いき》だねえ」

　隠居が言った。

「はい。花びらを集めるときに、いろいろと思うことがありました」

吉太郎がいくらかあいまいな表情で言った。

「あれほどの大火があって、人が亡くなっても、桜は嘘みたいにきれいに咲きやがったからな」

寅次がそう言って、注がれた猪口《ちょく》の酒をぐっとあおった。

「ほんに、何事もなかったみたいにきれいに咲いて」

と、おとせ。

「家主さんに見せてやりたかった、また長屋の衆で花見をやりたかった、つくづくそう思いましたぜ」

富八がしみじみと言った。

富八が店子《たなこ》になっていた長屋の家主の源兵衛《げんべえ》は、先の大火で命を落とした。困っている店子からは店賃《たなちん》を取らない人情家主として、岩本町のだれからも慕われた人だったのに、大火は無情にもその命を奪ってしまった。

「惜しい人をずいぶん亡くしたからな」

「焼かれたどの町も、櫛の歯が欠けるようになってまさ」

火消し衆が言う。

「でも、残った者がしっかりやってるじゃねえか。萬屋《よろずや》さんだって、息子がちゃんと継いでる」

寅次はそう言ってうなずいた。

実直なあきないぶりで信頼が厚かった質屋の萬屋の子之吉《ねのきち》は、預かった大事な品を持ち出そうとして落命した。いまは息子がのれんを守り、あきないを再開している。

「ふらっと歩いてたら、向こうから子之吉さんがやってきて、『よお』と手を挙げそうな感じがまだするんだよな」

仲の良かった寅次が軽く首をかしげた。

「わたしも、一枚板の席で呑んでると、源兵衛さんが現れそうな気がしてならなかったりするね。酔いが回ってきたら、『いまごろ源兵衛さんはどうしてるだろうか。……ああ、そうか、源兵衛さんはもうこの世にはいないのか』と気づいたりしてねえ」

隠居が寂しげな顔つきになった。

「まあ、そのうちわたしのほうがあの世へお邪魔するから、また向こうで会えるだろうがね」

「そんな、ご隠居さん。まだまだこちらにいてくださらないと」

　おちよがすぐさま言った。

「そうですよ、いちばんの頼りの知恵袋なんだから」

　と、寅次。

「『小菊』にもおいでくださいまし」

　吉太郎が如才なく声をかけた。

　その後も大火の犠牲になった人たちの話がひとしきり続いた。これだけの多くの人死にだ。宴に顔を出している者の係累や知人が必ず命を落としている。

「亡くなった人たちは江戸を護ってくれるでしょう。焼けた土だってお役に立ってますから」

　時吉がそう言って、火消しのかしらのほうを見た。

「よ組もちょいとひと肌脱いでるんだがね。焼け跡の土をそのまま放っておくんじゃなくて、火除けの土手をつくるってのはなかなかの知恵だ」

　竹一が答えた。

「まあ、あんまり大風だと火がちぎれて飛んでいっちまいますがね。こないだの大火みたいに」

　纏持ちの梅次が言う。

「そりゃそうだが、土手で食い止められる火だってあらあな。つくらねえよりは、つくったほうがずっとましだ」

「へい」

まだつくっている最中だが、火よけの土手は竜閑町《りゅうかんちょう》から元岩井町までのあいだに十か所も築かれることになっている。その南側には堀もある。二重の構えで、北風にあおられて襲ってくる火を食い止めようという策だ。

「もう火はこりごりだからな」

「あんまり火が出たら、屋台で火を使うのはご法度《はっと》とか、見世でもまかりならんなんてことになっちまったら大変《てえへん》だぜ」

「だったら、のどか屋も『小菊』ものれんを出せねえじゃねえか」

細工寿司をつつきながら、招かれた客たちのさえずりが続く。

「湯屋だって分かんねえぞ。もしそうなったら、たちまちあきない替えだ」

寅次が口をへの字に結んだ。

「まさか、そりゃあないでしょうに」

「湯屋が閉まったら、どこで体を洗えばいいんだよ」

「そりゃあ、大川で洗うんだよ」

「水ごりじゃねえんだから」

「では、その大川に浮かぶ花筏《はないかだ》寿司をお持ちしました」

「水に浮かんでいると思ってお召し上がりください」

吉太郎とおとせが、すかさず次の料理を運んできた。

活きのいい平貝《たいらがい》を塩水で洗い、水気をよくふき取ってから薄皮をむく。それから、魚を三枚におろすように薄く横に切り、そろえて細く切り刻んでいく。

細長くなった平貝の身を寿司飯にのせて軽く握り、仕上げに桜の花びらを二枚ほど美しく飾れば出来上がりだ。

平貝のさまは筏でもあり、川の流れでもある。その上に花びらがふっとのっているさまは、季川やおちよのように俳諧の心得がなくても一句詠《よ》んでみたくなるような出来栄えだった。

「『小菊』の泣きどころが分かったよ」

だしぬけに隠居が言った。

「どこか不都合なところがありましたでしょうか」

おとせが急に案じ顔になった。

「なに、あんまり寿司がきれいなもので、食べるのが惜しくなってしまうところさ」

隠居が笑ってそう告げたから、おとせも愁眉《しゅうび》を開いて笑顔になった。

三

細工寿司の残りが少なくなってきたところで、稲荷《いなり》寿司と握り飯の大桶が運ばれてきた。

「お召し上がりきれないものは、いくらでもお包みしますので」

吉太郎が言った。

「味噌汁もお持ちしました」

おとせは湯気を立てているものを運んできた。

細工寿司とおにぎりもさることながら、味噌汁も「小菊」の自慢だ。

格別に凝った具は入らない。今日も賽《さい》の目に切った豆腐と斜め切りにした葱だけだ。

季節によって味噌の白と赤の量を加減しながら、ていねいにつくっている。

だしは昆布と鰹節で取る。ただ呑むだけでもうまいという評判の井戸水に昆布をつけ、ひと晩置く。さらに、火にかけて煮立つ寸前に昆布を引き上げ、削りたての鰹節を投じる。鰹節からうまみが出て、鍋の底に沈んだら、静かにこしてだしにする。香り高い黄金色のだしだ。

昆布と鰹節でだしを取るのにはわけがあった。昆布は酒と醬油と味醂《みりん》を加えて佃《つくだ》煮《に》にする。それをおにぎりの具にすれば、うまく回すことができる。余った昆布は煮物にも使えるから重宝《ちょうほう》だ。

鰹節は胡麻《ごま》とともに乾煎《からい》りし、醬油と味醂と酒を加えておかかにする。これもおにぎりの具にはもってこいだ。

「飯の塩加減と炊き加減がいいな」

「海苔《のり》で巻いてあるのもいいけどよ」

「ときどきおぼろ昆布巻きも出るじゃねえか。おいら、あれが好物でよ」

客の評判は上々だった。

宴はしだいにたけなわとなってきた。日は少しずつ西に傾き、茜《あかね》の色が濃くなりまさっていく。その光は、「小菊」の座敷も御恩《ごおん》のように照らした。

「さて、途中で申し訳ねえんだが……」

よ組の竹一がそう言って、梅次のほうを見た。

「おれらはこれから見廻りがあるもんで、ひと足お先に失礼させてもらいまさ」

纏持ちが告げる。

「それはそれは、ご苦労様でございます」

「火消しあっての江戸の町だ。ありがてえこった」

座敷から声が飛んだ。

「なに、消せる火なんてほんのちょびっとなんで」

「火事になったら、もっぱら家をぶっこわして回ってんだから、申し訳ねえくらいで」

ほめられても火消し衆が浮かれることはなかった。

「よろしければ、おにぎりやお寿司をお持ち帰りくださいましな」

「そうそう、よ組のみなさんで召し上がってくださいまし」

吉太郎とおとせがすすめる。

「そうかい、悪いな」

「若い衆が喜ぶよ」

そんな按配で、ずいぶん多く出た寿司やおにぎりもあっと言う間に残りがわずかになった。

「なら、のどか屋さん。また寄らせてもらいまさ」

竹一が手を挙げた。

「よろしくお願いします。来月の末ごろにはのれんを出せると思いますので」

おちよが如才《じょさい》なく言った。

「来月の末ってことは、もう川開きだね」

と、竹一。

「なるほど、もうそんな季節になりますか」

時吉が言った。

「時の経つのは早いねえ」

「川開きに合わせるのなら、花火をあげなきゃ」

「横山町であげるのかよ」

そんな調子でにぎやかな話が続くなか、火消しの二人は「小菊」をあとにした。

四

「では、宴もたけなわでございますが、のどか屋さんは浅草へ戻らなければなりませんので」

吉太郎が場を締めにかかった。

「千吉坊が待ってるからな」

「連れてくれればよかったのに」

「おとっつぁんがなかなか放してくれないんですよ」

おちよが客に笑顔で答えた。

横山町の旅籠兼小料理屋の普請が終わるまでは、浅草の長吉屋に身を寄せることになっている。孫の千吉をかわいがっている長吉にとってはかえって好都合らしく、「普請はゆっくりしな」などと勝手なことを言っていた。

「なら、これで永の別れってことじゃねえんだが、岩本町を去るにあたって、ちょいとひと言お願いできるかい、時吉さん」

すっかり町の顔役になった寅次が水を向けた。

「承知しました」

時吉が立ち上がると、客は猪口を下に置き、いっせいに拍手をした。

ほうぼうから酒をすすめられたから、いくらか酔いが回っていた。それに、思い出多きこの町とこの場所とついにお別れかと思うと、少々胸が詰まってなかなか言葉が出てこなかった。

「……おまえさん」

おちよが小さく声をかけて風を送る。

軽く首を振ると、時吉は咳払いをしてから話しはじめた。

「本日は『小菊』のお披露目にお招きいただいて、ありがたく存じました」

「のどか屋の祝いでもあるからね」

すぐさま寅次が口をはさんだから、場に和気が生まれた。

それで気分がだいぶ軽くなった。時吉は先を続けた。

「こうして真新しくなった一枚板をながめていると、のどか屋がこの町にのれんを出させていただいていた日々のことが、次から次へと数珠繋《じゅずつな》ぎになって思い出されてまいります。そのなかには、先の大火で亡くなってしまったお客さんとの思い出もたくさん含まれています。人情家主の源兵衛さん、萬屋の子之吉さん、その他、岩本町で犠牲になられた多くの方々のご冥福をあらためてお祈りしたいと存じます」

時吉はそう言って両手を合わせた。

半ばほどの客が同じ動きをした。涙もろい富八はまた家主のことを思い出したのか、袖を目にあてておいおい泣き出した。

ただ、おちよはいくらか片づかない顔つきをしていた。

（し、め、っ、ぽ、い）

昼の動きだけで伝える。

時吉は一つうなずいてから続けた。

「しかし、人は亡くなっても、それで終わりではありません。残された者の心の中で、いつまでも生きつづけます。その思い出が消えることはありません」

「そのとおりだ」

「いいこと言うぜ」

職人衆から声が飛んだ。

「人ばかりではありません。町もそうです。ここ岩本町は、大火でほぼ丸焼けになってしまいました。それでも、在りし日の町のたたずまいは、折にふれてよみがえってきます。いまはまだ焼け跡も残っていますが、『小菊』をはじめとして、新たに普請をして装いを改めた見世や家や長屋もできてきました。残った者がこうして力を合わせて、少しずつできることから始めていけば、岩本町はきっとかつてのにぎわいを取り戻すことでしょう。それがまた、亡くなった人たちへの何よりの供養になると思うのです」

時吉の言葉に、寅次がうんうんといくたびもうなずいた。

「そういった復興の途中に、岩本町を離れていくのは少々心苦しいのですが、あとは

『小菊』の吉太郎さんとおとせちゃんに任せて、のどか屋は横山町に移らせていただきます。旅籠の付いた小料理屋というのは、江戸広しといえどもほかにまだないようです。お泊まりにならず、料理だけでもむろん大歓迎ですので、来月の川開きの前後に見世ののれんがかかりましたら、ぜひ一度お越しくださいまし」

「お待ちしております」

おちよが明るい声を発すると、一時は湿っぽくなりかけた場がどっとわいた。

時吉のあいさつは滞《とどこお》りなく終わり、拍手がわいた。

「よっ、さすがはのどか屋」

「江戸でいちばんの旅籠付き小料理屋だ」

「なにせ、二番がねえんだからな」

「なんにせよ、めでてえことじゃねえか」

職人衆がさえずる。

「では、師匠、ここで恒例の餞《はなむけ》の発句《ほっく》を」

たたみかけるように、おちよが言った。

「えっ、わたしかい？」

隠居がおのれの胸を指さした。

「ご隠居さんの句が出ないと、場が締まりませんから」

「なら、おちよさんも付けるんだよ」

隠居が切り返す。

「え、ええ、分かりました」

そんな按配で話が決まった。

隠居はしばらく思案していたが、やおらふところから矢立《やたて》を取り出した。

そして、こういうこともあろうかとおちよが持参した紙に向かって、うなるような達筆でこうしたためた。

小菊咲いて次なる道はのどかかな

「小菊」はこうして今日お披露目になった。次はのどか屋の番だという、いたってわかりやすい句意を、すっきりと美しい風景に詠みこんだ句だった。

「『小菊咲き』でもいいんだが、『小菊咲いて』という字余りにしたほうが、道の続いているさまがよく浮かぶかと思ってね」

「ああ、なるほど。さすがですね、師匠」

「じゃあ、今度はうまく付けておくれ」

季川は弟子にうながした。

「どうしよう……発句がまとまってると付けにくいわね」

と、首をかしげたおちよのひざに、みけがひょいと飛び乗り、そのまま向こうへ歩いていった。

「なんだ、通っただけなのね……あっ」

おちよは何かに思い当たったような顔つきになった。

筆を執り、付句をしたためる。

座敷に残す愛らしき影

「おまえのことよ、みけ」

おちよは猫に声をかけた。

「のどか屋から出向いてるようなもんだからな。おいちゃんからも、よろしくな」

寅次も言う。

皆から注目された猫は、座敷の隅っこで立ち止まると、だしぬけに前足で首筋をかきはじめた。
座敷に笑いの花が咲く。
「小菊」のお披露目とのどか屋の送別を兼ねた宴は、ほどなく滞りなく終わった。
どの顔にも笑みが浮かんでいた。

第二章　初鰹《はつがつお》と豆腐飯

一

「いよいよ、次はのどか屋の番だな」

厨で鰹をさばきながら、長吉が言った。

いわゆる初鰹だ。のどか屋では高価な初鰹は出さなかったが、師の長吉屋にはいま少し裕福な客も来る。その求めに応じて、初鰹も供されていた。

「そうねえ。いまならまだ普請の細かいところを変えられるから、やり直すことにしてもらったんだけど」

おちよはいくらか疲れた顔で言った。

「小菊」のお披露目から一夜明けた今日は、時吉とともに横山町の普請場へ行ってきた。

小料理のどか屋は一階になる。岩本町の見世と同じく、檜《ひのき》の一枚板の席があり、小上がりの座敷もしつらえることになった。そちらのほうは勝手が分かっているから、まだ木目も鮮やかな一枚板も入り、次は座敷の番と滞りなく普請が進んでいる。

「どこか不都合なところでも出たのかい？」

長吉屋の常連客がたずねた。

蔵前《くらまえ》の札差《ふださし》だから、着物も裏地に凝るほどの渋好みで、八百善《やおぜん》で散財したりするより長吉屋で一献傾けるのを好んでいる。今日はいやに男前の若い手代をつれていた。

「ええ。旅籠付きの小料理屋のうち、わたしたちは一階に寝泊まりするつもりで、間取りなどを考えていたんです。ところが、お客さんの泊り部屋を二階だけにすると、足の悪い方や歳取ったお客さんが難儀をするだろうと、うちの人が急に言いだしましてね」

おちよが説明した。

「千吉だって足が悪いじゃねえか」

鰹を節おろしにし、腹骨と血合いを落としてから、長吉が言った。

「そうなのよ、おとっつぁん」

おちよはすぐさま答えた。

いつのまにか背丈が伸び、言葉も増えてきた千吉は、生まれつき左足が曲がっている。親はずいぶん案じたものだが、ぎこちないものの歩くことができるようになったのでひとまず胸をなでおろした。その千吉を二階に住まわせるとなれば、階段の上り下りにいちいち難儀をしなければならない。

「わたしの母も足が悪くなってきたもので、そういう配慮はありがたいような気もするがね」

もう一人、浅草で長年、表具屋《ひょうぐや》を営んでいる客が言った。ことに掛け軸の表装に定評があり、武家筋からも引き合いが来るらしい。

「ええ。でも、千吉が階段から落ちでもしたら……」

「そりゃ大変《てえへん》だな。一階に住みゃいいじゃねえか」

長吉が手を止めて言った。

「わたしもそう言ったの。でも、あの人は『いろんなお客さんに来てもらうんだから、そういう配慮を初めから考えておかなければ』と言って譲らないの」

と、おちよ。

「考え方としては正しいかもしれませんね。あとで後悔しないように、普請のときにじっくり考えておいたほうがいいでしょう」

　札差がそう言ってうなずいた。

　その様子を見て、長吉がまた手を動かしはじめた。

　厨にはもう一人、修業中の若い衆が立って料理をつくっていた。長吉屋にはほうぼうから修業の者が来る。奥にも厨があり、座敷の客にできたものを供しているが、料理人を育てるのは何と言っても一枚板の席だ。

「ええ、そんなわけで、裏手のほうへも階段をもう一つこしらえることになったんです」

「ほう、裏手へ。そちらには何があるんですか？」

　表具師がたずねた。

「後架《こうか》（便所）と道具や食材を入れる物置をこしらえるつもりです。干物《ひもの》や干し大根などもそちらで。……あ、この子らの寝床も」

　ちょうど通りかかったちのを、おちよは指さした。

「あきない物を狙いやがるからな、こいつらは。早く出てってくれねえかって言ってるんです」

　長吉はそう言うと、串を鰹の身に扇なりに打ち、ほれぼれするような手つきで塩を振った。こうやって「魅《み》せる」のも料理のうちだ。

「こちらのいぶし造りは冷めるまでいくらか時がかかりますが、たたきもおつくりしますので」

「いいね。いきなり初鰹づくしじゃないか」

札差が満足げな笑みを浮かべた。

一で糸屋の姉さんが……

裏手のほうから手毬唄《てまりうた》が聞こえる。千吉の声だ。

足が悪いせいか、千吉は手遊びが好きで、器用にお手玉を操る。指さばきは親譲りで、このあいだわらべ用の包丁をあつらえて渡してやったら、大いに喜んで大根の端っこで稽古を始めた。かつらむきの真似事までやっていたから、時吉もおちよも大いに驚いたものだ。

「で、そのもう一つの階段は、足が悪くても下りられるのかい？」

表具師が話を元に戻した。

「そういうふうに普請をやりなおしてもらうことになりました。初めの階段はもうできてるんですけど、たしかにちょっと急で、足の弱ったお年寄りだとつらそうではあるんですよ」

おちよが身ぶりをまじえて言った。

「もう一つ裏手へ下りられるようにつくった階段は、初めのよりゆったりしていて、橋の欄干みたいな手すりもつけることにしました。それを頼りにすれば、お年寄りでも、うちの千吉みたいに足が悪くても下りられるので」

「なるほど、それなら千吉でも大丈夫だな」

孫のことばかり考えている長吉はそう言うと、鰹を皮目のほうから強火で焼きはじめた。ほどよく焦げ目が付き、鰹の脂に活《かつ》が入れば、冷たい井戸水にじゅっとつけて身をしめてやる。ほれぼれするような手際だ。

「お待ち」

弟子が先に肴《さかな》を出した。

「お注ぎします」

すかさずおちよが冷酒を注ぐ。札差の酒器は彩色の江戸切子《きりこ》だ。

つなぎに出た肴は、ちりめんじゃこの塩辛和えだった。浅い鍋でちりめんじゃこがからっとなるまで炒り、葱のみじん切りと混ぜ合わせる。それから烏賊《いか》の塩辛を手早く混ぜれば出来上がりの簡明な品だが、酒の肴にはもってこいだ。

「うん、ほんのひと手間でうまくなるものだね」

感心の面持ちで言うと、札差は普請の話に戻した。

「下りやすい階段があれば、まさかのときにも心強い。こりゃあ、なかなかにいい知恵かもしれないよ」

「うちの人もそう言ってるんです。前みたいに火が出たとき、下り口が一つだけだったら煙に巻かれてしまうかもしれない、と」

「二階にはいくつ部屋をこしらえるんだい？」

「六つです。そのうちの一つにわたしたちが寝泊まりすることにしようかと」

ここで長吉が身ぶりで「おまえも手伝え」と告げた。

次の鰹はたたきだが、薬味が要《い》り用になる。味つけは大ざっぱだと文句を言われることが多いが、さすがは料理人の娘で、包丁さばきだけならかえって時吉よりうまいほどだった。

「でも、手すりつきの階段をもう一つこしらえるのなら、初めの絵図面どおり、一階に寝泊まりでもいいかもしれないね」

表具師が口をはさんだ。

「わたしもそう言ったんですけど、駕籠でそのまま乗りつけて、またそのまま駕籠で発てる部屋が一つあったほうがいいって言い張るもので」

おちよはそう答えてから葱を刻みはじめた。

「ま、そのあたりは初めによく相談しといたほうがいいな」

長吉はそう言って、鰹の身をきれいな引き造りにしていった。

これに刷毛《はけ》で加減酢を塗る。焼くときに振った塩と酢がここで響き合う。

薬味もそろった。葱に加えて、花茗荷《はなみょうが》に青紫蘇《あおじそ》に土生姜《つちしょうが》。これを鰹の皮の上にのせ、包丁の背で調子よくたたいていく。

「はい、お待ち」

細長い魚のような器に盛って、初鰹のたたきが供された。

「うるさいことを言えば、四月の一日から七日までの鰹が初鰹なんだがね。まあ、そんなことに血道を上げるような柄《がら》じゃないから」

札差がそんな講釈をしてから、身を一つ口中《こうちゅう》に投じた。身が薄紅色に染まっているのはさすがの焼き加減だ。

「……おいしいね」

男前のお付きに向かって言う。

「はい」

いくぶん緊張気味だった手代の表情がにわかにほころんだ。

「いぶし造りは冷たい水でしめるのに、たたきは熱いままつくるんだね」

表具師がたずねた。

「たたきも冷やすことが多いんですが、二つのつくり方で味わっていただこうと思いまして。いわく言いがたい違いがありますから」

得たりとばかりに、長吉が答えた。

おちよが厨に立っているせいか、その後も旅籠の話が続いた。

「賄《まかな》い付きの旅籠……じゃなくて、旅籠付きの小料理屋ということになると、お代はいつ取るんだい？」

札差がたずねた。

「申し訳ないですが、前金でいただこうかと思ってます」

本当に客に相対しているかのように、すまなそうな顔でおちよが言った。

「そりゃあ、夜逃げで踏み倒されたら事だからな。先に取るものはちゃんと取っとかねえと」

と、長吉。

「旅籠には必ず賄いがつくんですか？」

男前のお付きが珍しく問いを発した。

「それもあれこれ思案してるんですよ。朝だけは決まったものにして、夜は小料理屋で呑み食いしていただいたものだけ別途に頂戴しようかと」

「泊まりだけってのは駄目なのかい」

表具師が問うた。

「いえ、べつにかまいません。部屋が空いているよりは埋まったほうがありがたいので、泊まりだけでもいっこうに」

「一階に寝泊まりしてたら、夜中にたたき起こされたりするかもしれねえな。『空きはなし』と札でも出して、ぐっすり寝るようにしねえと身がもたねえぞ」

長吉が父の顔で言ったとき、千吉の声が響いてきた。

（おとう……）

それで分かった。

時吉が普請場から帰ってきたのだ。

二

「これ、千吉、おとうと厨が入れ替わりだから、一緒におんもへ行こうよ」

おちよが息子に声をかけた。

「千ちゃんも、ほうちょうする」

千吉は首を横に振ってから言った。

「今日は駄目だぜ。遊びじゃねえんだから」

孫には甘い長吉だが、ここは客の手前、しっかりと筋を通す。

「そもそも、おまえにはまな板が高すぎる。また今度、おとうがゆっくり教えてやるからな」

時吉も言うと、千吉はべそをかきかけたが、ぐっとこらえて答えた。

「なら、おんもであそぶ」

「偉いね。さ、おかあと一緒に遊ぼう」

「うん」

そんな調子で、おちよと千吉は外へ出ていった。

「帰ってきたばかりで悪いが、いぶし造りが頃合いだ」

長吉が声をかけた。

「はい、承知」

二人で呼吸《いき》を合わせて仕上げにかかる。

熱いまま出すたたきのときは加減酢を刷毛で塗ったが、今度は芥子《からし》を練って加減酢で溶いた。これにいぶし造りをつけて食すと、ほおが落ちるほどうまい。

「夢にまで初鰹が出てきそうだよ。いや、初鰹になった夢か」

札差がそう言って笑みを浮かべたとき、ふらりと客がまた一人入ってきた。

「いらっしゃいまし」

「これはこれはご隠居さん、昨日はありがたく存じました」

時吉が頭を下げた。

「昨日の今日で、呑んでばかりだね。失礼するよ」

そう言って札差と表具師のあいだの空いているところに腰を下ろしたのは、隠居の大橋季川だった。住まいはどちらかと言えば福井町のほうに近い。もともとは長吉屋の常連だから、こちらでも顔だ。

「ご無沙汰しておりました」

「先にやらせていただいてます」

さっそく両側の客があいさつをした。

「ああ、鰹だね」

「ご隠居さんの分もありますよ」

「なら、いただくよ」

隠居にもいぶし造りが供されたところで、若い弟子がいくぶん緊張気味に次の肴を出した。

さいまき海老のうま煮と空豆の塩ゆでだ。目もあやな海老の赤い縞模様に、つややかな翡翠《ひすい》色の空豆が涼しげなぎやまんの小皿にのせられている。

のどか屋では質実剛健の笠間《かさま》が多いが、裕福な客も来る長吉屋ではこういう器も使っている。そそっかしい職人衆などに出したら何枚割られるか分からないから、祝い事でなければこういった皿は使わなかった。

「こんな料理を目で見て味わうと、『ああ、月の終いがたはもう川開きだな』と気づかされるね」

隠居はそう言うと、冷酒の盃を口に運んだ。それもぎやまんで、巧緻な切子細工が入っている。

「のどか屋の見世開きだからな」

と、長吉。

「ええ。小料理屋だけならともかく、いろいろと思案をしなければならないことが多いもので、いくらか焦ってきました」

時吉は包み隠さず言った。

「今日は階段の普請をやり直す算段をしていたそうですよ」

「ほう」

表具師が仔細を伝えると、隠居は盃を置いて腕組みをした。

「まあ、あちらを立てればこちらが立たず、こちらを立てればあちらが立たず、なかなかに悩ましいものがあるだろうね」

「そうなんです。一階にもお客さんの部屋をつくったら、火事が起きたときに逃げやすいとちよに言ったら、地震のときは一階のほうが剣呑《けんのん》だし、出水《でみず》でも二階のほうがいいと言い返されてしまいました」

「そこまで案じてたらきりがねえな」

長吉が苦笑いを浮かべる。

「ともかく、普請の絵図面は階段をもう一つつくることで終いにして、あとは大工衆に任せます」

「次は中身だね」

隠居がそう言って、初鰹を口中に投じた。

「ええ。一枚板は入りましたし、畳や長床几《しょうぎ》、座布団なども手配しました」

「そこまでは、小料理屋だ」

「旅籠は寝るものが要るじゃないか」

札差が口をはさむ。

「そうなんです。これからだんだんと暑くなっていきますが、ときには寒い夜だってあるでしょう。せっかく泊まっていただいたお客さんに風邪《かぜ》を引かせるわけにはいきませんから」

「布団は夏と合いの二品をそろえたいところだね」

「はい。それから、内湯はとても無理ですが、近くに湯屋があります。そこに浸《つか》っていただいたあとは、宿で浴衣《ゆかた》に着替えて、うちわを使って夕涼みをしていただこうかと思案しています。もちろん、風呂上がりにのどか屋に寄っていただければ、井戸水で冷やしたお酒と、それによく合う酒の肴をお出しします」

「そりゃあ、こたえられないね。わたしも試してみるよ」

隠居が早くも乗り気で言った。

「浴衣も旅籠で支度するとなると、存外に大変かもしれないね。男と女で寸法が違うし、わらべを連れた客だって泊まるだろう。人が袖を通したら、洗ってきれいにしておかなきゃならないから、結構人手《ひとで》がいるよ」

知恵の回る札差が言った。

「そうなんです。住み込みは無理にしろ、旅籠を手伝ってくれる人がどうしてもいるんですが、まだ一人しかあてがありませんで」

「その人選びがいちばん大変かもしれないね」

「ええ。明日、旅籠の元締めさんを訪ねて、相談してくるつもりなんですが」

「いい人が決まるといいね」

隠居が温顔で言った。

「ええ。いくたりも集まったら、逆に選ぶのに苦労するかもしれませんが」

「そのときは、ここのお客さんに決めてもらったらどうだい」

「それは喜んでやらせてもらうよ」

「お安い御用で」

札差と表具師が気安く言ったが、もちろんわが目で人を見抜いて選ばなければならない。のれんを出すまでには、まだいろいろと山がありそうだった。

「ところで、朝に出すものはおおよそ決まってるのかい？」

隠居がたずねた。

「ええ、いろいろと考えてます」

「そう言や、豆腐の下ごしらえをしてたじゃねえか」

長吉が時吉を見た。

「そろそろ頃合いでしょうから見てきます。新たに思案した豆腐飯なんですが、みなさん、召し上がられますか」

客に問うと、次々に手が挙がった。

「なら、支度をしてきます」

「おう、そのあいだ、肴でつないでるからな」

長吉はそう言うと、深めの鉄鍋を取り出して火にかけた。一枚板の席の料理は、目で見て香りを楽しむところから始まる。もちろん、料理人の手ぎわも料理のうちだ。

鍋に投じ入れたのは、活きのいい浅蜊《あさり》だった。砂を吐かせてから水に浸して塩気を抜いた浅蜊を鍋に入れ、きっちりと蓋をして蒸す。鍋が熱くなってきたところで、酒と水を加える。流れるような手さばきだ。

じゅっ、という音が響いたら、また手早く蓋をして、浅蜊の殻が開くのを待つ。頃合いと見て蓋を開けると、ふわっといい香りが漂ってくる。

「いいねえ」

隠居がうなる。

「こうやって泡が立つんだね」

札差が中腰になってのぞきこんだ。

「煮汁が少なくなったら頃合いです」

長吉はそう告げると、若い弟子に皿を用意させた。

抜けるように白い京焼の皿に盛り、浅葱《あさつき》を散らすと、ひと目見ただけで心が弾む浅蜊の酒蒸しの出来上がりだ。

「はい、お待ち」

さっそく皿が出される。

「お待ちどおさまです」

皿を出すとき、長吉はわずかにひざを曲げ、皿を下から持ち上げるようにして供していた。

料理の皿はゆめゆめ上から出してはならない。料理人の我《が》を押しつけ、「どうだ、食え」とばかりに上から出したりするのは料簡違いだ。

「どうぞお召し上がりください」と、皿は下から出さなければならない。時吉をはじめとする弟子に、長吉はそう教えていた。

「……うまい」

札差の言葉は、たったひと言だった。

それだけで伝わる。

「ありがたく存じます」

豆絞りの料理人が頭を下げた。

「相変わらず、上品な味だね」

隠居の目尻にしわが寄った。

「酒だけだと貝の苦みがきつくなるので、水を加えてやるのが骨法なんです。そうすると、上品な味になります」

長吉が控えめに講釈したとき、奥から時吉が膳を運んできた。

その真ん中に鎮座していたのは、豆腐飯だった。

三

「これに焼き魚などを加えようかと思っています。大根おろしをたっぷり添えて」

膳を出し終えた時吉が言った。

「なるほど、朝から口福《こうふく》を味わえそうだね」

福々しい耳をした隠居が言う。

「味噌汁はもちろん日替わりだな？」

長吉がたずねた。

おれにもくれと言われたから、師匠にも出した。板場に立ったまま、さっそく試食を始めたところだ。

「ええ。今日は小松菜と油揚げにしてみましたが、日によって替えますし、赤と白の味噌の混ぜ具合も季《とき》によって変えていきます」

「うん、豆腐に味がしみてるね」

「ほんとにおいしいです」

札差とお付きの者がうなった。

底は浅めだが大ぶりの椀に飯を盛り、その上に煮豆腐をのせてある。ただそれだけの料理だが、ことことと時をかけて甘辛く煮た豆腐が絶品だった。

まずは豆腐だけ箸でくずして食す。むろん、これだけでため息が出るほどうまい。しかるのちに、飯とまぜていただく。飯はかために炊くのが骨法だ。いくらかおこげがまじっているくらいのほうがいい。この飯に汁気を含んだ豆腐をまぜて食せば、また違ったうなるほどのうまさになる。

「こりゃあ、名物になりますよ。横山町だけじゃない。江戸の名物になってもおかしくないです」

表具師が言った。世辞ではないことは、顔つきを見れば分かる。

「好みで粉山椒《こなざんしょう》や一味唐辛子《いちみとうがらし》を振ってもおいしいだろうね」

と、隠居。

「ええ、そのつもりです。あとは香の物と小鉢ですね」

手ごたえを感じながら、時吉は答えた。

「朝からそれだけ仕込むのは大儀だが、体をこわすんじゃねえぞ」

長吉が弟子を気遣う。

「若いころから鍛えてますから、まだまだいけます」

時吉は竹刀を振るしぐさをした。

剣を包丁に持ち替えて久しい時吉だが、ときどき棒を使って鍛錬している。その甲《か》斐《い》あって、いまだに贅肉のない引き締まった体つきをしていた。

「あっという間に食べてしまったよ」

隠居が椀を見せた。

「お気に召しましたでしょうか」

「ああ。この豆腐飯を目当てに旅籠に泊まる客も出るだろうよ」

「そうなればいいんですが」

「豆腐の仕入れのほうはどうなんだ？　毎日、決まった質のものを入れねえと名物にはならねえぞ」

長吉が問うた。

「横山町には筋のいい豆腐屋さんがあります。前に豆腐を入れてくださっていた相模《さがみ》屋《や》さんにもひけを取らない豆腐で」

時吉は「結び豆腐」で縁ができた神田《かんだ》多町《たちょう》の豆腐屋の名を出した。

「もう話をつけてありますので、そのあたりは大丈夫です」

「なるほど。手回しがいいな」

と、長吉。

「これに焼き魚と野菜の小鉢などがついたら、身の養いにもなりそうだね」

隠居が笑みを浮かべた。

「はい。実は、清斎《せいさい》先生にもおうかがいを立てて、『これで万全』というお墨付きをいただいてきました」

青葉《あおば》清斎は、三河町《みかわちょう》にのどか屋があったころから付き合いの深い医者だ。時吉にとっては薬膳の師でもあり、折にふれて助言をもらっていた。

「それなら文句なしだ。旅籠はきっとうまく行くよ」

医者に続いて、隠居が太鼓判を捺《お》した。

第三章　力膳

一

「相済みません、大火のあとで人手が不足しておりまして」

旅籠の元締めの信兵衛《しんべえ》が申し訳なさそうに言った。

「わたしのほうにも当てがあったんですけど、急に里へ帰ることになっちゃって」

似たような表情で、おけいが和す。

先の大火で逃げ惑っているとき、たまたま知り合ったのがおけいだった。一緒に逃げているあいだに、身の上はすべて聞いた。旅籠につとめていたせいで、長屋の衆に預けてきた乳呑み児の善松《ぜんまつ》と生き別れになってしまい、ずいぶん案じていたのだが、元締めの信兵衛のところに届けられていて再び会うことができた。その善松はいま、おけいの背に負われて安らかな寝息を立てている。

「そうですか。どこも引く手あまたでしょうからねえ」

おちよが言った。

「うちみたいに、これから旅籠を始めるところは、まだ海のものとも山のものとも分かりませんから」

時吉がやや力なくうなずいた。

「じゃあ、川なの?」

千吉があどけない声でたずねた。

今日は長吉屋に祝いごとの客があり、孫の相手ばかりしていられないという話だったから、時吉が背に負うてつれてきた。横山町や馬喰町《ばくろちょう》に旅籠をたくさん持っている信兵衛だが、住まいは橋向こうの浅草にある。長吉屋からはいくらも離れてはいなかった。

「そういう話じゃないんだよ、千吉」

時吉がそう言ったから、場に和気が満ちた。

「いま大事なお話だから、黙って聞いてようね」

おちよが唇の前に指を一本立てた。

「うん」

千吉が元気よくうなずく。

「宿のお客さんの人気者になりそうだね。……さて、そういうわけで」

煙管《きせる》に手を伸ばしかけた手を引っこめ、信兵衛は座り直した。吸いたいのはやまやまだが、わらべがいるから我慢しようと思い直したらしい。

「知り合いの口入れ屋には、取り急ぎ三人、手伝いの人をお願いしたいと言っておいたんです」

「そんな、三人も……」

「いえいえ」

信兵衛はおちよに向かってあわてて手を振った。

「のどか屋さんに三人入れるというわけではないんです。そんなにたくさんいてもご迷惑でしょうから。おけいさんがのどか屋さんの顔の一人として入っていただいて、あと一人か二人、忙しいときだけ交替で手伝ってもらうようにするつもりです」

旅籠の元締めはそう説明した。

「ああ、なるほど」

「わたしもこの子の具合が悪かったりしたら、ほかの人に代わっていただかないといけませんから」

おけいが言った。

またわが子と離ればなれになって気をもむのはこりごりだから、できるだけ善松をつれてつとめをしたいというのがおけいの望みだ。

だが、そうすると遅くまでは無理だし、力仕事などもむずかしい。どうしてもほかに人手が要り用だった。

「旅籠というのはちょくちょく休むわけにはまいりませんから、お二人が休まれるときは、おけいさんともう一人の方で旅籠だけでも開けるようにしていただかなければなりませんね」

元締めの顔で、信兵衛が言った。

「しっかりした人を選ばないとね、おまえさん」

「そうだな。ろくに休みも取れなくなってしまう」

時吉はそう言ってうなずいた。

「旅籠に慣れている方なら、何軒か掛け持ちしていただいて、布団をのべたり手早く掃除をしたりしていただこうかと思っています。まあ、そのあたりも、向き不向きを見て決めてまいりましょう」

「浴衣などの洗濯に手がかかると思うんですが」

　おちよがたずねると、元締めの信兵衛は「よくぞ聞いてくださいました」という顔つきになった。

「旅籠が一軒だけですと、もちろんそこで洗い物などもすることになるわけですが、わたしのように何軒も持たせていただいているとべつの手を打てます。つまり、まとめて回収して、きれいに洗ってまた届けるということができるんです」

「ああ、なるほど。それは知恵ですね」

　負担が軽くなりそうだから、おちよの表情がやわらいだ。

「そうすると、浴衣などを回収する人が来るわけですか？」

　時吉が問うた。

「はい。手慣れた男が荷車を引いて回りますので、どうかご安心を」

「承知しました」

　そんな按配で、段取りはとんとんと進んだ。

「では、三人まとまりましたら、わたしのほうから長吉屋さんに知らせを入れますので、しばらくお待ちください」

　信兵衛がそう言ってひとまず話をまとめたとき、おけいの背の善松が目をさまして急に泣き出した。

「おお、目がさめたかい？」

優しい母の顔で問う。

「いい子、いい子」

おけいがあやすと、千吉が歩み寄って、

「いい子、いい子」

と、真似をして声をかけた。

場におのずと和気が満ちた。

二

「なら、気をつけて」

時吉が右手を挙げた。

「おまえさんも。棟梁によろしく」

おちよが答える。

「ゆっくりでいいからな、千吉。足をくじくなよ」

「うん、へいき」

千吉は力強く答えた。

これからのどか屋が仕入れをする乾物屋に赴き、また普請場に寄るつもりだった。おちよと千吉は歩いて長吉屋に戻る。もうだいぶ重くなったから、おちよが背負って歩くのは骨だが、千吉はわが足で歩くと言った。

曲がっているとはいえ、千吉なりの鍛錬の甲斐あって、それくらいなら歩けるようになった。息子の成長を見て、時吉は少し胸が熱くなった。

おちよと千吉と別れた時吉は、両国橋の西詰めの乾物屋をたずねた。仕入れあっての小料理屋だ。わが手で魚を漁《すなど》り、田畑を耕すわけにはいかない。多くの人々の手を借りて、いい品をなるたけ安く仕入れることが肝要だった。

前に取引のあった乾物屋は、あいにくなことに大火で焼けてしまった。新たな問屋を探さなければならない。

火の筋をからくも逃れた乾物屋は、ずいぶんと繁盛していた。かなり待たされた時吉は昆布や鰹節などの品を入念にあらためた。黄金色《こがねいろ》の一番だしが引けると、今日もやるぞという気分になる。そのためには、いい昆布と鰹節がどうあっても要り用だった。

「いかがでございましょうか」

乾物屋の番頭がしたたるような笑みを浮かべてたずねた。

時吉は二本の鰹節を打ち合わせてみた。

こんこん、と涼やかな音が響く。

中がしっかりと詰まっている証しだ。色つやも申し分がない。

「いい節ですね。とりあえず、今日はこれを一本いただきましょう」

「ありがたく存じます」

番頭は深々と礼をした。

仕入れに関してなおも相談をし、値の折り合いをつけると、時吉は乾物屋をあとにした。

これで仕入れはあらかた片がついた。醬油や酢は、竜閑町《りゅうかんちょう》の安房屋《あわや》にすべて頼む。三河町にのれんを出していたころは、安房屋の辰蔵《たつぞう》が季川と並ぶ二枚看板のような常連だったのだが、前の大火で命を落とし、いまは息子の新蔵《しんぞう》が継いでいる。懸命に励んでいるおかげで、身代はむしろ大きくなった。

酒は南茅場町《みなみかやばちょう》の鴻池屋《こうのいけや》から仕入れていた。池田《いけだ》や伏見《ふしみ》のいい下《くだ》り酒がそろっているのでありがたい。野菜は岩本町で常連だった富八などの棒手振りが届けてくれる。

玉子もそうだ。滝野川村《たきのがわ》から産みたてのものが届く。山菜も近在の村から運ばれてくる。

岩本町にのれんを出していたときは、毎朝、日本橋の魚河岸に出向いて活きのいい魚を仕入れていた。厨の隅には生け簀《いす》までしつらえてあった。

しかし、旅籠付きとなるとそういうわけにもいかない。朝早く発つ客もいる。魚河岸まで往復するとなると、存外に時がかかる。あるじが不在ではどうも按配《あんばい》が悪い。できればその目で魚を見て仕入れたいところだが、これは是非もなかった。

その代わり、長吉屋に魚を届けている仲買人がのどか屋にも届けてくれることになった。魚の目利きにかけては折り紙つきで、長吉の信頼も厚い。人もいくたりも使っていて、玉川《たまがわ》の鮎の早荷が届けられる角筈《つのはず》のほうまで手が回る。これなら十分な品を仕入れられそうだった。

旅籠の部屋もあるため、ほんのわずかだが厨が狭くなった。そのせいで、迷ったあげく生け簀は見合わせることにした。幸い、井戸水がいいから、夏は冷たい水に浸けておけばすぐ悪くなることはあるまい。

（あとは砂糖に油に粉、練り物なども押さえておけば、小料理屋は大丈夫だな。旅籠のほうは……）

と、いろいろ胸算用をしながら歩いていたせいで、「おう、のどか屋さん」と声をかけられるまで気づかなかった。

ふと我に返ると、常連の顔が見えた。

「ああ、安東《あんどう》さま。無沙汰でございました」

時吉はあわてて頭を下げた。

「こちらこそな」

そう言って笑みを浮かべたのは安東満三郎《みつさぶろう》だった。

表向きはないことになっている黒鍬《くろくわ》の者の四組、略して黒四組のかしらだ。

将軍の荷を運んだり触れを出して回ったりするほかの黒鍬の者とは違って、この組だけはひそかに隠密仕事にたずさわっている。上様《うえさま》じきじきに御用を賜る御庭番から、町方の隠密廻りまで、隠密仕事につとめる者はさまざまにいるが、黒四組はなかなかに異色だった。

町方であれ遠方であれ、隠密の御用があれば自在に動くのが黒四組だ。そのかしらの安東満三郎も神出鬼没の動きをする。

甘いものに目がなく、甘ければ甘いほど顔がほころぶ御仁だ。ために、その名をつづめて「あんみつ隠密」と呼ばれている。

「普請は進んでるのかい？」

安東がたずねた。

「ええ。これからまた検分に行くところです。安東さまは？」

「おれか」

目鼻立ちは整っているが、あごがとがった異貌の男は急に声をひそめた。

「このところは町場の見廻りでな。町方の隠密廻りの見習いみてえなもんだ」

「何か事件でもあったのでしょうか」

時吉も声を落とす。

「でけえ事件ってわけじゃねえんだが、先の大火の焼け跡がまだいくらかくすぶってるようでな」

あんみつ隠密は思わせぶりなことを言った。

「と言いますと、まだ火事場泥棒が？」

時吉はいぶかしげな顔つきになった。

「そういうわけじゃねえんだが、大火のあとには銭もうけをたくらむやつがうようよ出てきやがる」

「ええ」

「それに、他国から人も入ってくる。江戸の大工衆や左官衆や鳶《とび》だけじゃ手が足りねえから、そういった出稼ぎの連中も使わなきゃならねえ」

「なるほど。そうすると、いろいろと悶着《もんちゃく》が起きたりしますね」

「ささいな悶着くらいならいいんだが、なかには初めから金をくすねるつもりで江戸へ入ってきてるやつもいる。裏で元締めみてえな連中が糸を引いてるらしいんだがな。かつての紀文《きぶん》のように木を積んでくるんじゃなくて、人をだます役どころのやつを連れて来てるらしいから剣呑だ」

紀文こと紀伊国屋文左衛門《きのくにやぶんざえもん》は、大火のあとの材木の買い占めで一躍巨商にのし上がった。江戸が焼け野原になったあとには、そういったあきないの芽が出る。そこを見逃すまじと血眼《ちまなこ》になっている者も多いが、なかにはたちの悪いやつも含まれているようだ。

「どさくさにまぎれて荒稼ぎをしようという魂胆《こんたん》ですね？」

「そのとおりよ。のどか屋さんも気をつけてくれ」

「はい。旅籠の泊り客に怪しい人がいたら、番所か町役人《ちょうやくにん》に届けてくれと元締めさんからも言われています」

「悪いやつらが泊まるかもしれねえからな。よろしく頼むぜ」

なかなかの人たらしのあんみつ隠密が言った。

「承知しました」

「なら、のれんが掛かったら、また甘えものを食いに行くからな。楽しみにしてるぜ」

そう言われると、まるでのどか屋が甘味処のようだ。

「お待ちしております。どうかお気をつけて」

「おう」

いなせに右手を挙げると、安東満三郎は人ごみの中へ消えていった。

三

普請は滞りなく進んでいた。

裏手の階段も、早くも木枠が組まれていた。気になって腕でおおよそを計ってみたのだが、この高さなら千吉が伝って下りるのにさほど苦労はしないだろう。

「やることが速いですね、棟梁」

時吉は普請のかしらをつとめている惣助《そうすけ》に言った。

「そりゃそうでさ。おれらの普請を待ってるとこがたくさんありますんで」

何がなしに長吉に似ている棟梁は、鉋《かんな》をかけながら答えた。

のどか屋ばかりでなく、ほかにも掛け持ちで普請をしている。おかげで目が回るほど忙しいらしい。

「心強いです」

「上方《かみがた》あたりからたちの悪い大工《でえく》も流れこんでるらしいんで、なおさらおれらが気張らねえと」

惣助が太い二の腕をたたく。

「悪い大工と言いますと？」

さきほどのあんみつ隠密の話も思い合わせながら、時吉は問うた。

「てめえが稼いだ金で酒を食らって暴れるくらいならかわいいもんだが、なかには手付だけもらって逃げちまうやつもいるらしい」

「口先三寸の手合いですね」

時吉は顔をしかめた。

「大工の風上《かざかみ》にも置けねえやつらだ。見つけたらとっちめてやるんだがよ」

「棟梁の言うとおりさ。火事場泥棒よりたちが悪いや」

「みんなお仕置きにしてやりゃいいんだよ」

普請場の若い衆も口々に言った。

そんな按配で普請の様子をたしかめているうち、だんだん腹が減ってきた。

「では、どうかよしなに」

棟梁にひと言かけると、時吉は遅めの昼を食べに向かった。

馬喰町のその角が近づくと、ふわっといい匂いが漂ってきた。

見世の前には、荷車や駕籠が置かれている。いつもの力屋《ちからや》の景色だった。

「いらっしゃいまし。おお、これはこれは、のどか屋さん」

のれんをくぐって中に入るなり、あるじの信五郎《しんごろう》が張りのある声を発した。

「いらっしゃい。普請場の帰りですか？」

おかみが問う。

「ええ、だいぶできてきましたよ」

「そりゃあ、何より」

「普請を見てるうちに腹が減ってきたので、今日の膳に……浸し物をつけてもらいましょうか」

「へい、承知」

信五郎は威勢のいい声で答えた。

力屋の名のとおり、食せば力が出る膳を出す。盛りもいいから、荷車引きや駕籠かき、それに飛脚《ひきゃく》といった力仕事をする客がもっぱらだった。いまも土間の茣蓙《ござ》の上では、荷車引きたちが車座になって飯を食らっている。

「お待たせしました」

ややあって、いい声が響いて、日替わりの力膳が運ばれてきた。

間違っても娘は入れない雰囲気だが、見世の娘ならべつだ。男臭い客たちにときにはからかわれながらも、看板娘としていい感じで育っている。

「ありがとう。……おお、やまと、元気だったか」

力膳を受け取ると、時吉はのっそりと入ってきた太った猫に向かって声をかけた。

元はのどか屋で飼われていたぶち猫で、力屋ではぶちと呼ばれている。いつのまにか姿を消したと思ったら、ちゃっかり力屋の入り婿になっていた。いまは、はっちゃんという雉猫《きじねこ》と所帯を持ち、魚のあらなどをもらいながら安楽に暮らしている。

「みゃあ」

元の飼い主を覚えているのかどうか、のんきにひと声なくと、猫はまた悠然と歩み去っていった。

さて、飯だ。

今日は趣向を凝らしたまぜ飯だった。炒り豆腐と小松菜がふんだんに入った飯が、大きめの素焼きの丼に山盛りになっている。

つくり方はこうだ。

ほど良く水気を切った木綿豆腐を手で崩しながら、浅めの鍋で炒める。胡麻油で炒めると、もうこれだけで香ばしくてうまい。

続いて、細かく刻んだ小松菜を投じ、豆腐になじませてから塩を振る。小松菜のほのかな苦みがまぜめしによく合う。

それから、いよいよ飯だ。かためにたいた飯を鍋に投じ入れ、手早くまぜ合わせる。仕上げに醬油を加える。飯の上からかけるのではなく、鍋地でじゅっと焦がして、飯の土手をわっとくずしてまぜるのがこつだ。このほうがずっと香ばしく仕上がる。

ここからも料理人の腕の見せどころだ。もたもたしていてはいけない。最後に白胡麻を振り、両手で鍋をつかんで、かなりの量のまぜ飯を宙に舞わせながら仕上げていく。

「うめえもんだな」

「飯のほうが動いてるみてえだぜ」

「そんな飯があってたまるかよ」

客から嘆声がもれるほどだった。

魚はあいなめの煮つけだ。手繰り網で獲った新鮮な魚がほっこりとした煮つけになっている。あいなめは照り焼きや塩焼きや刺身もいいし、小ぶりのものなら唐揚げで頭からばりばり食べられる。

味噌汁の具は豆腐と油揚げ、それに、力屋らしく餅が入っていた。

「この餅がいいんだよ」

「毎日、正月の雑煮を食ってるみてえだからな」

「力屋はいつも正月……」

「なんでえ、川柳かよ。あとはどうした」

「……猫もいる」

「はは、そいつぁいいや」

そんな調子で、ほうぼうで話の花が咲いていた。

小鉢は小芋の煮っころがしだった。甘辛く煮た芋も力になる。

時吉はこの膳にお浸しを加えた。苦みがいい按配の三河島菜《みかわしまな》に削りたての鰹節、これにだし醤油をかけていただく。

箸が迷うほど、どれもうまかった。あいなめの小骨はいささか面倒だが、身がうまいから苦にはならない。

「お茶、お代わりいかがですか？」

おかみが土瓶を持ってきた。

「ああ、いただきます」

時吉は湯呑みを差し出した。

熱い番茶が注がれる。銘茶は要らない。力屋には番茶がよく似合う。

「餅、焼いてくれるか。今日は保土ヶ谷《ほどがや》まで走るんだ」

飛脚の客が言った。

「へーい。つけ焼きでようございますか？」

「安倍川《あべかわ》にできるかい」

「できますよ」

「なら、おれもくれ」

「おれも」

次々に手が挙がる。

「では、わたしも」

熱い番茶があるのなら、安倍川餅も食べたくなった。

「のどか屋さんもですか」

信五郎が笑う。

「ほうぼうを駆けずり回ってるものですから」

時吉は答えた。

「いよいよ旅籠付きの小料理屋の見世びらきですからね。餅を食って力を出してくださいまし」

「みなで朝から声を出してついたお餅ですから」

「ほんとに力が出ますよ」

力屋の家族が笑みを浮かべた。

第四章　紅白まんじゅう

一

三日後、長吉屋に元締めの使いが来た。

口入れ屋の働きで、のどか屋を手伝う女のあてがついた。注文どおり、三人そろえておいたから、人柄を見て決めてほしいという話だった。

「おっ、善は急げだ。行ってやれ」

長吉がすぐさま言った。

「承知しました。では、ここは……」

穴子の八幡巻きの下ごしらえをしていた時吉が手を止めた。

「ああ、おれがやる。ちよに言ってきてくれ。千吉はおれが守りをしてやるから」

孫が何よりかわいい料理人の目尻に、いくつもしわが寄った。

おちよは裏手で千吉と遊んでいた。

と言うより、いちばん遊んでいるのは三匹の猫たちだった。のどかとちのとゆき、みな千吉が巧みに操るお手玉をどうにか取ろうとして跳びまわっている。

せっかく落ち着いたのにまた家移《やうつ》りになる。どこかへ行ってしまわないように、臭いのついた布やねぐらや後架の砂なども持っていくつもりだった。

「これからなの？」

時吉から話を聞いたおちよが訊いた。

「ああ、支度をしてくれ」

「分かったわ」

「千ちゃんもいく」

千吉がお手玉をやめた。

「これは仕事だからな。じいじと一緒にお留守番をしてるんだ」

時吉がそう言い聞かせたが、千吉は不服そうだった。

「だって……」

「のどか屋を手伝ってもらう人を決めるんだから、大事なおつとめなの」

「千ちゃんがきめる」

「わがまま言うんじゃありません」

おちよに叱られた千吉はあやうく泣きそうになった。

「なら、菓子屋でやるから、土産を買ってきてあげよう。きんつばがいいか？」

時吉がそう言ってなだめると、いまにもべそをかきそうだったわらべの顔がぱっと晴れた。

「ほんと？」

「ああ、ほんとだとも。おとうは嘘をつかない」

「じゃあ、じいじとまってる」

「いい子ね」

おちよが頭をなでてやると、千吉は弾けるような笑顔になった。

二

浅草は先の大火の被害に遭わなかった。焼け跡を見慣れた目には、昔通りの家並みの通りを進むと、まるでべつの時へ迷いこんだかのような心地になる。

そんな浅草の一角、並木町《なみきちょう》の角に、一軒の菓子屋がのれんを出していた。

風月堂音次《ふうげつどうおとじ》。

大門《だいもん》の名店、風月堂音吉《おときち》で修業をし、のれん分けをしてこの町に見世を構えた。手土産の菓子から、わらべのおやつまで幅広いあきないぶりだ。

甘味処も兼ねているのが自慢で、見た目より奥行きがあって小上がりの座敷まで備わっている。このあたりで相談事をするには恰好の構えだった。

元締めの信兵衛と落ち合った時吉とおちよは、あるじの音次に断って奥の座敷に陣取った。

「ちょうどここに三人座れますね」

信兵衛が身ぶりで示した。

「ああ、なんだかどきどきしてきました。ちゃんといい人を選べるかしら」

おちよが胸に手を当てた。

「これから人選びですか？」

蘇芳色《すおういろ》の作務衣をまとったあるじがたずねた。

「そうなんです。三人の娘さんのなかから選ばなきゃならないんですけど」

と、おちよ。

「それは大変です。では、とりあえずお茶だけお持ちして、みなさんそろわれてからお菓子を」

あるじがそう言ったとき、時吉はだしぬけにあることを思いついた。

さっそく思いつきを口にしてみたところ、信兵衛はすぐさま乗ってきた。

「そりゃあ、いい思いつきですね。性悪《しょうわる》の女だったら、二の足を踏むかもしれませんから」

「でも、そんなにうまくいくかしら」

おちよは半信半疑だった。

「では、自慢の紅白まんじゅうをあとでお持ちしましょう。餡《あん》がたくさん詰まっていて食べでがありますので」

あるじが如才なく言った。

「では、頃合いを見て、声をかけます」

「承知しました」

あるじは一礼して下がっていった。

ややあって、口入れ屋の番頭に連れられて、三人の女が風月堂に入ってきた。

「お連れいたしました」

番頭が一礼すると、思い思いの衣装をまとった女たちも頭を下げた。

それからしばらくは型どおりに名乗りあった。折にふれて、口入れ屋の番頭が言葉を補い、それぞれの身元を明らかにしていく。

いちばん若くて元気がいいのは、おやえだった。

華やかな一斤染《いっこんぞめ》に鳶色《とびいろ》の格子《こうし》が入った派手な着物だから、そのまま看板娘がつとまりそうだ。

「やえ、と申します。一生懸命働きますので、どうかよろしくお願いします」

おやえは物おじせずに言った。目鼻立ちがくっきりしており、菖蒲《あやめ》のつまみ簪《かんざし》がよく似合っている。

「おやえさんのご両親は上方《かみがた》のほうから出てきて、いまは行徳《ぎょうとく》で漁師をされていま す。まだ小さい弟もいるので、ちょっとでも助けになるようにと、のどか屋さんでのつとめを望まれています」

番頭がよどみなく言った。

時吉がたずねた。

「わたしも上方の端っこのほうの出なんですが、おやえちゃんはどちら?」

「播州赤穂《ばんしゅうあこう》です」

「ああ、海の近くだね」

「どうしてまた江戸へ？」

今度はおちよが問う。

「おとっつぁんが江戸で一旗挙げたいて言《ゆ》うて聞かへんので、なら一緒にっていうことになりました」

ところどころに上方訛《なま》りをまじえておやえは語った。

その後もいろいろな質問が出たが、おやえの受け答えはしっかりしていた。ときには声をあげて笑う。明るくほがらかだから、宿の人気者になりそうだった。その表情や目の動きを、時吉はしっかりと見ていた。

ここで菓子が運ばれてきた。

雨上がり、と題された凝った菓子で、餡を抹茶で色をつけて葉に見立てた半生《はんなま》の生《き》地《じ》でふわりと包んでいる。

思わず嘆声が漏れたのは、雨のしずくだ。寒天で巧みに表された雨粒は、ふるふるといまにも動きだしそうなほどみずみずしかった。

「あたし、こんなん食べたことないわ」

おやえはそう言って、すぐさまおいしそうにほおばりだした。これなら泊まり客に人見知りをすることもないだろう。

あとの二人は緊張しているのか、すぐ手を出そうとはしなかった。

「では、お次の方は、おそめさんです」

番頭が紹介した。

「そめ、と申します」

いくらか暗い声で、おそめは名乗った。

おやえと歳のころは似ているが、こちらはいたって地味ななりで、髷《まげ》に挿《さ》しているのも素朴な木製の於六櫛《おろくぐし》だった。

「おそめさんは、あいにくなことに、先の大火でご両親を亡くされてしまいまして」

口入れ屋の番頭が神妙な面持ちで告げた。

「まあ、それは……」

おちよが気の毒そうに言った。

「大変だったね」

信兵衛も気遣う。

「はい……」

おそめは小さな声で答えた。

「どこに住んでいたんだい？」

時吉はやさしい声でたずねた。

「築地《つきじ》の本願寺《ほんがんじ》様の近くに」

「ああ、あのあたりは大丈夫だと思って逃げて亡くなった人が結構いたわ」

おちよが感慨深げな表情になった。

いったん逃れた大名屋敷から、さらに本願寺のほうへ逃げて落命した人たちとは袖を振れ合っている。とても他人事《ひとごと》とは思えなかった。

そのあともさまざまな質問をした。

おそめの父は腕のいい船大工で、兄は修業に出ていて難を免れたが、母も帰らぬ人となった。一緒に逃げていたおそめはいつの間にかはぐれてしまい、一人だけからくも助かった。そして、紆余曲折を経て口入れ屋にたどりつき、のどか屋のつとめに手を挙げたといういきさつだった。

「すると、住むところはないんだね？」

信兵衛の問いに、おそめは泣きそうな顔でうなずいた。

おちよは時吉と目を見合わせた。

気の毒だから雇ってあげたいけれども、旅籠と小料理屋の手伝いとしては明るいおやえのほうが好ましい。さて、どうしたものかと思案深げな顔つきだった。

とにもかくにも、もう一人いる。すべて話を聞き終えてからだ。

「しん、と申します」

そう名乗ったのは、いちばん年かさで、ことによると二十をいくらか過ぎているかもしれない娘だった。

「おしんちゃんは、どうしてうちで働きたいと思ったの？」

おちよが問うた。

「それは……話せば長くなりますし、身内のことなので」

何かわけがあるようだが、おしんははっきり語ろうとしなかった。

「旅籠で働いたことはあるかい？」

信兵衛がたずねた。

「ええ。ですが……」

おしんはにわかにあいまいな顔つきになった。

こちらもおそめと同じく地味な縞木綿《しまもめん》で、顔立ちも含めてあまり華《はな》がなかった。それに、人となりにどうもどこか陰《かげ》がありそうだ。

「何かあったのかい？」

元締めがなおも問う。

口が重くてじれったかったが、おしんはぽつりぽつりといきさつを語りだした。

それによると、ひとたびは品川《しながわ》の旅籠で働きはじめたのだが、その旅籠には裏があった。飯盛り女として雇った娘に因果を含めて、客を取らせるのだ。宿場町にはそういう宿がいくらもある。

「うちはそんな旅籠じゃないからね」

おちよがなだめるように言った。

おしんがこくりとうなずく。

「のどか屋さんはそういったあいまいな宿とは無縁で、そうさな……ほっこりするような宿を目指《めざ》してるんだ」

信兵衛が少し言葉を探してから言った。

「いいですね、『ほっこり宿』」

おちよが笑みを浮かべる。

「なら、そろそろ頃合いなので……」

ちょうど通りかかったあるじの音次に向かって、時吉は右手を挙げた。

ややあって、手筈どおりのものが運ばれてきた。

「お待たせいたしました。自慢の紅白まんじゅうでございます。蒸し上がったあと、薄皮を手できれいにむいておりますので、食べ味がなおのことよろしいかと。中には餡がたっぷり詰まっています」

　あるじはよどみなく言った。

「その薄皮をむくところに、何か願《がん》を懸けてあると聞いたんですが」

　時吉はそう言って、おちよにさりげなく目くばせをした。

「さようでございます。この紅白まんじゅうは外の薄皮をむいております。これをもし悪人が食べてしまいますと、さる名刹《めいさつ》に懸けた願の力によって化けの皮がはがれ、悪《あ》しき地金が表れてしまうのです。ですから、何か心当たりのある方は、召し上がらないほうがよろしかろうと存じます」

　あるじはそう言って眉間にしわを寄せた。

　なかなかに堂に入った芝居だった。ただし、おちよは聞いているときに手を口にやっていた。思わず笑みが浮かんでしまいそうになったからだ。

「じゃあ、さっそくいただきまーす」

　おやえが元気よく言って、まず紅いまんじゅうに手を伸ばした。

「おいしい」

ものすごい勢いで食べはじめる。

おそめとおしんも続いた。

しかし、おやえに比べると、その食べ方はゆっくりしていた。

「あんこがいっぱい詰まってる。こんなおまんじゅう、食べたことないわ」

おやえはそう言って相好《そうごう》を崩した。

「白いほうもいただきますね」

「どうぞどうぞ」

おちよがやっと手を口から離した。

「いい食べっぷりだね」

半ばあきれたように信兵衛が言う。

「おいしいおまんじゅうだし、あたし、心にやましいところがないので、いくらでも食べられます」

おやえは白いまんじゅうにもかぶりつき、少し挑むような目つきで残りの二人を見た。

おそめとおしんは、まだ一つ目をもてあましていた。

そのうち、おそめの動きが止まった。その目尻からほおのほうへ、だしぬけに涙が伝っていく。

「どうしたの？　おそめちゃん」

いち早く察して、おちよが声をかけた。

「わたしだけ、こんなにおいしいものを、と思ったら……おとっつぁんとおっかさんに申し訳がなくて」

あとは言葉にならなかった。

その様子を見て、おちよばかりでなく、時吉と信兵衛もしんみりとうなずいた。おそめの気持ちは痛いほど分かった。一緒に逃げていたのに、一人だけ生き残ってしまったのだ。その思いはいかばかりだろう。

だが、おやえだけは違った。おそめの言葉を聞いて、ほんのわずかに鼻を鳴らしたように見えた。

おしんも一つ食べたところで手を止めた。

「もうごちそうさま？」

おちよの問いに、おしんは胸に手をやった。

「いろいろ、思い出してしまって……」

おしんはあいまいな顔つきで答えた。

「何を？」

その問いには、やはり答えなかった。

二人の娘が残したまんじゅうは、時吉とおちよが食べた。こし餡がいい按配で、薄皮をむくひと手間が活きている。思わずうなるほどの味だった。

菓子が片づき、茶も切れた。訊くべきことはひとわたり訊いたので、顔合わせはこれでお開きということになった。

「では、あとはのどか屋さんと元締めさんに決めていただくことになります」

口入れ屋の番頭が段取りを進めた。

明日じゅうに口入れ屋へ首尾を伝え、三人の娘はあさってにそれを聞きに行く。縁がなかった者にはまたべつのつとめ口を世話するから案ずることはない。

番頭は笑顔でそう伝えた。

千吉へのみやげにきんつばや松葉を買った。その名のとおり松葉をかたどった香ばしい焼き菓子は、風月堂の名物の一つだ。

「では、お疲れさまでございました」

口入れ屋の番頭が一礼した。

「ありがたく存じました。どうかよしなに」

おやえが一人だけ元気にあいさつした。

三

元締めとのどか屋の二人は、おけいの長屋に寄った。

おけいはのどか屋で働くことに決まっているから、本来なら同席してもらうところなのだが、まだ小さい善松をつれていくと迷惑だからと固辞されてしまった。長屋の衆に預けるという手もあったが、息子と離ればなれになるのは先の大火で懲《こ》りているらしい。

三人の娘の人となりについて、いま寄り合いを終えたばかりの者たちはかいつまんで伝えた。おけいは真剣な顔つきで、うなずきながら聞いていた。

「普通に考えたら、元気のいいおやえちゃんが良さそうだけど」

そう言って、おけいは小首をかしげた。

「でも、おそめちゃんの身の上がお気の毒で。思わずもらい泣きをしそうになったくらいで」

おちよが言った。

「そうだね。ちょっと人見知りをしそうな感じだったけれども」

時吉も和す。

「わたしは慣れているので。体が丈夫ならばつとまると思います」

「おけいさんがいてくれるからね。指導を聞いてそのとおりやれば、追い追い慣れてくるだろうよ」

信兵衛がうなずく。

「なら、一人はおそめちゃんに決めてもいいかしら」

と、おちよ。

「いいと思う」

時吉はすぐさま答えた。

「わたしも異存はありませんよ」

信兵衛も賛意を示した。

こうして、まず一人目が決まった。

「さて、もう一人だね」

元締めが座り直した。

「あとの方は旅籠の掛け持ちをしていただくことになるので、できれば元気が良くて小回りの利く人にお願いしたいところですね」

言外の意をそこはかとなくにじませながら、信兵衛が言った。

「その点、おしんちゃんはちょっとはっきりしなかったわね」

おちよがまた首をかしげる。

「何か身内にいきさつがあるのかもしれないな」

時吉は腕組みをした。

「でも、話せば長くなることだって、道筋くらいは話してくれないとあまり感じはよくないわね」

「それにひきかえ、おやえちゃんは上方から来たとはいえ、話につじつまが合ってるし、なによりてきぱきと働いてくれそうです」

「すると、元締めさんはおやえちゃんを？」

おけいがたずねた。

「そうだね。あとはのどか屋さんの考えですが」

信兵衛はそう言って、時吉の顔を見た。

「そうですね」

時吉は肚《はら》をくくったような顔つきになった。

そして、やおら語りはじめた。

第五章　友紅揚《ともべに》げ

一

三日経った。

時分どきが過ぎた長吉屋の一枚板の席に、信兵衛とおけいの姿があった。

隣には隠居の季川が陣取っている。

「そろそろ来る頃合いかな」

隠居がそう言って、貝の紅白造りに箸を伸ばした。

紅は赤貝、白は平貝《たいらがい》。取り合わせが色鮮やかな造りだ。ぎやまんの平皿に大葉《おおば》を敷き、茗荷《みょうが》のけんが添えられているから、貝の色合いがいっそう引き立つ。

「ええ。おそめちゃんとは朝にもう引き合わせたので、残るは一人だけです」

元締めの信兵衛が言って、赤貝をこりっとかんだ。

食べよいように、また土佐醤油がうまくしみるように、まわりに刻みが入っている。

こういったさりげないところが料理人の技だ。

「あ、善松は千吉ちゃんに遊んでもらってるみたい」

おけいが笑みを浮かべた。

表のほうからわらべの声が聞こえてくる。おけいの子の善松はおちよが外でお守《も》りをすることになっていたのだが、どうやら千吉もお守り役を買って出たらしい。

（ほら、にゃーにゃだよ、にゃーにゃ……）

千吉の声が聞こえる。

「猫は迷惑かもしれませんね」

時吉は苦笑いを浮かべて、めごちの胡麻揚げの油を切った。

尾を切り離さず、三枚に開く松葉おろしにしためごちに粉をまぶし、衣をつけて胡麻を振る。油に投じたあとは、背のほうの切れ目を箸で軽く押さえて、からっと揚げる。あつあつでいただきたい口福《こうふく》のひと品だ。

「それにしても、料理人の勘っていうのは大したもんですね。……お、これは香ばしい」

元締めの表情がにわかにやわらいだ。

「いや、勘が間違ってるかもしれませんが」

時吉はあわてて言った。

「そういう勘には間違いはなかろうよ。魚や野菜の生き死にをずっと見てきたわけだからな」

長吉が娘婿の肩を持つ。

「時さんに人を見る目があることは、おちよさんを見れば分かるじゃないか」

隠居が笑みを浮かべて言った。

「ありゃあ、ちよのほうに見る目があったんじゃなかったっけ？」

長吉が首をかしげる。

「なにぶん昔のことで」

時吉はそう言ってはぐらかした。

「ま、なんにせよ上出来じゃねえか」

何が上出来なのか分からないが、長吉はそう言うと、次の料理の仕上げにかかった。

鮎《あゆ》の胡椒《こしょう》酒焼きだ。

鮎のわたをきれいに抜き、胡椒と塩を効かせた酒にしばらく浸けておく。味がしみたところで串を打ち、焦がさないようにこんがりと焼きあげたら、熱いうちにまな板に置いて串を抜く。

それから、食べよい大きさにざくざくと切って盛り付け、上に木の芽をふんだんにのせる。

料理人の気《き》っ風《ぷ》のいい腕さばきも味のうちのような料理だ。

「はい、お待ち」

一枚板の上に、料理が次々に出る。

その手元を、若い料理人が食い入るように見つめていた。いい目をした若い衆だ。

こうして師匠の手わざを学びながら料理人は育っていく。

「胡椒と木の芽の香りが効いてるね」

隠居がまずほめた。

「これは、大人の味ですね」

おけいがうなった。

「鮎が成仏《じょうぶつ》してます」

元締めも笑顔で続く。

「はるばる、玉川から運ばれてきた鮎ですから」

長吉がそう答えたとき、表のほうでおちよの声が響いてきた。

(どうぞ、こちらです……)

だれかを案内しているようだ。

「来たな」

長吉が短く言った。

「来ましたね」

信兵衛が入り口を見る。

時吉も隠居も、同じところに目をやった。

「なんだか心の臓の鳴りが……」

おけいが胸に手を当てる。

ほどなく、最後に決まった娘が姿を現した。

それはおやえではなかった。

おしんだった。

二

初めはひどく堅《かた》かったおしんだが、熱い煎茶を呑み、時吉が出した海老豆腐をいくらか食べると、やっと人心地がついたようだった。

おけいにあいさつし、おちよにつれられた善松を抱っこすると、気持ちのいい笑みも浮かんだ。

何かいきさつがあって陰がないでもないが、人となりに間違いはない。時吉はそう見抜いていた。

「三人目の人はどうあってもおしんちゃんにすると、うちの人が言い張るもので、お願いすることにしたんですよ」

おちよが言った。

「ありがたく存じます」

おしんは時吉に向かって頭を下げた。

「おねえちゃん、のどか屋にくるの？」

千吉が無邪気に問う。

「うん、よろしくね」

笑うとえくぼができる。

「千ちゃんののどか屋だよ」

千吉の言葉はまだかなり足りない。

「おう、千吉ののどか屋だな。おまえが継ぐんだからな」

長吉の目尻にたくさんしわが寄った。

「じゃあ、これからおつとめの話があるから、また善松ちゃんににゃーにゃを見せてあげようね」

おちよが言うと、千吉は元気よく「うん」と答えた。

こうしてひと幕が終わり、料理を食しながらおしんの話を聞くことになった。

「このお料理、おいしいです」

おしんは海老豆腐を気に入ったらしい。

木綿豆腐の水気をしっかりと切り、なめらかになるまですり鉢でよくする。海老は身だけにして、包丁で細かく刻んでいく。

鍋に胡麻油を引き、胡麻の香りがぷーんと漂う鍋に豆腐を入れて炒める。ここに刻み葱や玉子などを投じ、醤油と塩と粉山椒で味つけしても存分にうまいが、今日は海老だ。さらにこくが出て、こたえられない味になる。

　仕上げに葱とおろし大根をまぜる。山葵でもいい。そのほのかな辛味や苦味が、海老のうまさを引き立ててくれる。酒の肴にはもちろんだが、あつあつの飯にのせてもうまい。おしんばかりでなく、ほかの客も口々にほめた。

「そう言えば、口入れ屋の番頭さんは意外そうな顔をしてましたね」

　一段落したところで、元締めが言った。

「わたし、すっかりあきらめてました。胸が詰まって、おまんじゅうも食べられなかったし」

　おしんが打ち明ける。

「あのまんじゅうはつくり話だよ。そんな願は懸かっていない。試すようなことをして悪かったね」

　時吉が謝った。

「そうだったんですか。でも……わたしとおそめちゃんは残しちゃったのに、どうして採っていただいたんでしょうか」

　おしんは言外に「どうしてわたしではなく、おやえを採らなかったのか」という意をこめてたずねた。

「それは、話せば長くなるし、まあ済んだことだからね」

時吉はそう言って、信兵衛と隠居のほうをちらりと見た。

おしんが来るまでに、おやえをなぜ採らなかったのかという話をしていた。

元気が良くて、物おじも人見知りもしない。旅籠の仕事はてきぱきとこなしそうだ。

心にやましいところがあれば食べきれないというふれこみの紅白まんじゅうもぱくぱく平らげた。

おちよも信兵衛も、おやえで決まり、と考えていた。それがごく当たり前の人選びだっただろう。

だが……。

時吉だけは気づいていた。

笑みを絶やさず、元気よくふるまっていたおやえだが、よく見ると目だけは笑っていなかった。

紅白まんじゅうは人に先んじて食べた。心にやましいところがない証しを見せようとして、逆にやましいところがあるとおやえは知らせてしまったのではないか。時吉はそんな勘を働かせていた。

そういう目で見ると、怪しいところがなくもなかった。上方《かみがた》から家族で出てきて、両親は行徳にいるという話だったが、おやえだけ家族から離れて江戸で働くのは、どうも平仄《ひょうそく》が合わないように思われた。

それに、あんみつ隠密から聞いた話も気になっていた。大火のあとの稼ぎどきと見て上方から流れてきたとすれば、雇うのは剣呑だ。取り越し苦労かもしれないが、危ない橋は渡らないにこしたことはない。

時吉が思うところを包み隠さず伝えると、信兵衛とおちよも思案したうえで納得してくれた。

そんなわけで、おそめに加えておしんを選ぶことにした。おやえならのどか屋が断ってもすぐべつのところで雇ってもらえるだろうが、おしんはいかにも感じが暗い。のどか屋が情けをかけなければ、行くあてをなくしてしまうかもしれない。時吉としては、そんな考えもあった。

しかし、おしんに関しては、のどか屋に入れる前に聞いておきたいこともあった。長い話になってもいま少し詳しく身の上を聞いておかなければ、心安んじて使うことはできない。

「それはそれとして、おしんちゃんのご両親の話を聞いていなかったね」

機を見て時吉は切り出した。

「はい……おっかさんは、袋物の内職をしながらわたしと弟を女手一つで育ててくれたんですが、去年、病で亡くなってしまいました」

おしんはそう言って目を伏せた。

「それはお気の毒だったね。それからはどうしていたんだい？」

今度は隠居が問うた。

「弟と一緒に長屋で暮らしていました。品川の旅籠につとめようとしたらあいまいな宿だったので逃げ出したり、どれも長続きがしませんでした」

「弟はどうしてる？」

次の肴をつくりながら、長吉が問うた。

「大工の見習いで働いていたんですが、あの大火で……」

おしんは目を伏せた。

両親を亡くしたおそめばかりではない。おしんも身内を亡くしていたのだ。

「そうかい……いくつだったんだ？」

「まだ、十七で……これからというときに」

おしんは続けざまに瞬きをした。

「姉思いの、とってもいい弟でした」

こみあげてくるものを懸命にこらえながら、おしんは言った。

「それで天涯孤独になってしまったんだね」

信兵衛の言葉に、おしんはうなずきかけてやめた。

その様子を見て、時吉ははたと思い当たるところがあった。

「お父さんは、どこかで生きてるんだね？」

図星だった。

今度はこくりとうなずいた。

そして、おしんはぽつりぽつりと語りはじめた。

三

まだ物心つくかつかないかのころ、どこの町だったかは分からないが、おしんは父につれられて甘味処へ行ったことがある。

そのとき、おいしいおまんじゅうを食べた。

「どうだ。甘《あめ》えだろ」

父はそう言って笑った。

あのときの笑顔を、おしんはまだかすかに憶えていた。あの紅白まんじゅうを見たときに思い出したのは、幼い日におとっつぁんと一緒に食べたおいしいおまんじゅうのことだった。

しかし、甘い記憶はそれだけだった。

それからほどなくして、父の初次郎《はつじろう》は江戸から姿を消した。腕のいい版木《はんぎ》職人だったが、気の荒い親方から理不尽な叱責を受けた初次郎は、ついかっとなって仕事道具の鑿《のみ》を向けてしまった。

親方の命に別状はなかったが、刃傷沙汰《にんじょうざた》に違いはない。捕まらないうちに、おしんの父はその足で江戸から逃れた。

そして、いまに至るまで、音沙汰がない。

「どこでどうしてるんだろうかね」

隠居が首をひねった。

「分かりません。もう十年以上も前の話ですから、そろそろほとぼりが冷めたころだと思って、おとっつぁんはふらっと江戸に舞い戻ってくるんじゃないかって、みんなで話をしてたんです。それが……」

おしんの言葉が途切れた。

無理もない。母が逝き、弟が大火で亡くなり、おしんはたった一人になってしまったのだから。

「旅籠で働きたいわけをたずねたとき、『話せば長くなりますし、身内のことなので』とおしんちゃんは答えたね。ひょっとしたら、旅籠で働いていたら、おとっつぁんを見つけやすいと思ったのかい？」

時吉はたずねた。

おけいがうるんだ目で言った。

「江戸へ戻ってきたら、どこかの旅籠に泊まるでしょうからね」

袖を顔に当て、おしんがうなずく。

「それを励みに、こつこつとやるんだな。……お待ち」

情のこもった声で言うと、長吉は隠居と元締めに肴を出した。

桜海老の甘辛炒りだ。

桜海老は鍋でから炒りし、香りを立たせておく。いったん取り出してからたれを煮つめる。味醂と水と醬油、それに胡麻油だ。

たれに泡が立ち、とろっとしてきたら手早く桜海老をからめ、白胡麻を振ってやれば出来上がりだ。酒の肴には申し分ないし、飯にのせてもうまい。散らし寿司の具に使っても彩りが豊かになる。

素干しのいい桜海老が相州から入ったので、さらにかき揚げも出した。友紅揚げという小粋な名のついたかき揚げには、ほかに紅生姜が入っていた。なるほど、ともに紅色の友のようなものだ。

「さ、おしんちゃんも食べて。元気出そうよ」

おけいが皿をすすめた。

「……はい」

おしんがうなずき、箸を取った。

さくっと揚がった友紅揚げを控えめに食す。

おしんは小声でつぶやいた。

「おいしい……」

この味を、忘れないようにしよう。

おしんはそう思った。

いちばんつらかったときに食べたおいしいものは、いつまでも忘れない。その味を思い出せば、たとえこの先どんなにつらいことがあっても、きっと乗り越えられるだろう。

「こりゃあ、うどんにのっけてもうまいだろうね」

隠居が言った。

「そうですね、ご隠居。もちろん、蕎麦でも」

と、信兵衛。

「海の紅と、畑の紅。それが一つのかき揚げの中でくっつくと、馬鹿にいい味になったりする。人もそうじゃないか」

半ばはおしんとおけいに向かって、長吉は言った。

「夫婦もそんなものかもしれませんね」

時吉が師匠に言う。

「おう。ちよとおめえもいい按配にくっついてら」

「じゃあ、わたしたちも、友紅で気張りましょう」

おけいが右手を差し出した。

「ええ、友紅で」

おしんはその手を握り返して笑った。

四

千吉の寝息が聞こえる。

おしんをおけいに引き合わせた晩、時吉とおちよは床《とこ》についていた。

その場に居合わせなかったおちよには、おしんから聞いた話を詳しく語って聞かせた。たびたびしんみりとうなずきながら、おちよは話を聞いていた。

「ほんとに泊まってくれるといいわね、おしんちゃんのおとっつぁん」

「まさか、そんな芝居みたいなわけにはいかないだろうがな」

「そうね。旅籠につとめたらすぐおとっつぁんが帰ってきたら、両国の小屋にかかるお芝居みたい」

「ああ」

黙りこむと、猫のなき声が聞こえてきた。三匹のうちのどれかか、それともよその猫なのか、いずれとも判じがたい。

「でも、そういう張り合いを持っていれば、旅籠のつとめも長続きするかも」

いくらか眠そうな声で、おちよが言った。

「どこでどうしてるんだろうね。おしんちゃんの話によれば、気が短いところはあるけれど、根は涙もろくてやさしい人だったとおっかさんは言っていたらしい」

時吉は告げた。

「それなら、おしんちゃんのことが気にかかってるはず。でも、やっぱりむかしのことがあるから帰れないのかしら。仕返しやお裁きが怖くて」

「傷つけてしまった親方は、それとは関わりのない病でもう亡くなってるらしい。それに、人を殺《あや》めたわけじゃないから、十何年も前の喧嘩のお裁きをするほど奉行所は暇じゃないだろう」

「そうなの。だったら、江戸へ戻っても大丈夫ね」

「帰れないわけがあるのかもしれないな。どこかで所帯を持ってしまって、子ができているとか」

「それじゃ、おしんちゃんがちょっとかわいそう」

やや不服そうな声が返ってきた。

「いや、思いつきを言っただけで……つとめで身動きが取れないのかもしれない。版木職人なら、大坂などでも引っ張りだこだろう」

時吉はあわてて言った。

「もしそうだったとしたら、江戸には戻らないかも」

「先のことは分からないさ。このあいだの大火だって、だしぬけに起きてしまったんだから」

「そうね……でも、結局、どちらもお身内を亡くしたのね。おそめちゃんはご両親、おしんちゃんは弟さん」

　おちよはあらためて言った。

「うちも、家主さんをはじめとして身内みたいなお客さんを亡くしてしまった。火はもうこりごりだよ」

　時吉が答えると、洗い髪のおちよはゆっくりと顔の向きを変えた。

「ねえ、おまえさん？」

「何だ」

「どうして、先だっての大火みたいな災いが起きるんだろうね。火事だけじゃない。地震や出水や高潮や……」

「野分けや雷や竜巻、大雪だって災いを起こす」

　時吉も名を挙げた。

「江戸にはたくさんの神様や仏様がまつられてるのに、助けておくれではないのかい。

火から逃げてるとき、ふとそう思ったんだよ」

「たしかに」

時吉は少し思案してから答えた。

「試そうとしてるのかもしれないな。神様か仏様か知らないが」

「試す？」

「ああ。みんな江戸っていう大きな船に乗ってる。海が荒れると、船はもみくちゃにされ、いくたりも投げ出されて命をなくしてしまう」

「そうだね……」

「それでも、船はそこで進むのをやめるわけにはいかないじゃないか」

時吉がそう言うと、おちよはわずかに息を呑んだ。

「この船がどこへ着くのかは分からない。そんなこと、分かるはずがない。それでも、残った者たちだけで、力を合わせて進めていくしかないじゃないか。そういった腕や度胸や心意気を試されてるんだと思う」

「船に水が入ってきたら、みんなでかき出したりしてね」

おちよが笑みを浮かべた。

「いまだってそうだ。大火でだいぶ痛めつけられてしまったけれど、船はどうにか立て直してきれいになってきた。ちゃんとしていかなきゃ、海へ投げ出された人たちに申し訳が立たない」

時吉の表情が引き締まった。

「いつか、江戸は立派な船になるね」

「ああ」

「夜だってたくさん灯りがついた、きれいな船になるの」

おちよはだしぬけに夢のようなことを口走った。

第六章　のどか巻き

一

見世開きが迫ってきた。

とくにそういうもくろみはなかったのだが、両国の川開きに合わせてのれんを出すことにしたところ、使いの者がほうぼうから来て、旅籠の泊まりの約がすべて埋まった。

両国の川開きの花火を見物したいのはやまやまだが、住まいが遠いから帰るのが面倒だ。できれば近くに泊まって、明くる日はゆっくり神社仏閣を見物して帰りたい。

そんな客の望みに応えるかたちになったから、のどか屋の六つの部屋はたちどころに一杯になった。まずは幸先のいいすべり出しだ。

「これが一杯になればいいわね」

おちよが真新しい宿帳を指さした。

一階ののどか屋はいままでどおりの小料理屋だが、その片隅に新たに帳場が置かれることになった。旅籠の二階へ上がる急なほうの階段の上り口になっているから、客はここで前金を払う。小料理屋の支払いもここなので、立てこんでくると忙しくなりそうだった。

「そうだな。たくさんたまったら、老い先の楽しみになるぞ」

「あんなお客さんがいた、こんなお客さんがいたって？」

おちよがおかしそうに言った。

宿帳の表には、「の」とのみ記されている。もちろん、のどか屋の「の」だ。

これまでは畑違いだった旅籠を始めるにあたっては、元締めの信兵衛からさまざまな知恵を授けられた。

引札（広告）がわりになるから、屋号はいたるところにくどいほど使ったほうがいいと言われたので、のれんはもとより、旅籠の壁や階段にまで「の」を刻み入れた。客が使う団扇《うちわ》にも「の」と記されている。

浴衣や作務衣も「の」模様だ。染めが間に合うかどうか少し案じられたが、望みどおりのものが届けられたから、おちよも時吉も胸をなで下ろした。

「千吉は大喜びだな」

時吉が上を指さした。

裏手に手すり付きの階段をつくったのは良かった。これなら足の悪い千吉でも楽に上ることができる。

そこにも「の」が彫られている。

「の、の、の、の……」

と、千吉は声を発しながらいくたびも上り下りしていた。

「汚さなきゃいいけど」

おちよが苦笑いを浮かべる。

「旅籠が真新しいのはいまだけだからな。こいつもそうだが」

時吉は新たに仕立てた濃紺の作務衣の襟に手をやった。

「おまえさんも柿色にすればよかったのに」

おちよはあたたかい色の着物を示した。

色も引札のうち、と信兵衛から言われた。

なるほどと得心したおちよは、女たちの衣装をすべてのれんと同じ柿色にすることを思いついた。のどかな里を通りかかったとき、日を浴びてつややかに光っている柿のたたずまいを見ると、何がなしに心がほっこりとする。あのなつかしい色だ。

これまた「の」を散らした柿色の着物に桜色の模様の帯、それに茜《あかね》の襷《たすき》をかける。髪にもあたたかい色合いのつまみ簪を飾る。おちよとおけい、二人の大年増は南天《なんてん》の実。おそめとおしんは紅鶴をかたどったものにした。さっそく衣装合わせをしてみると、時吉が思わず嘆声をもらしたほどあでやかで華があった。

それなら、あるじも柿色の作務衣で、とおちよは水を向けたのだが、「そんなおなごみたいなものは着られるか」と時吉は難色を示した。そんなわけで、あるじだけは濃紺の作務衣だが、ほかがすべて柿色でまとまっているだけに、かえって引き立って男っぷりがきわだった。

「代わりに、猫が着てくれたからな」

時吉は戯《ざ》れ言《ごと》めかして答え、首にちらっと手をやった。

ちょうど外で鈴の音が響いた。三匹の猫も倹飩箱《けんどんばこ》に入れてつれてきた。うみゃうみゃないて不服そうだったが、裏手の後架や寝床ばかりでなく、見世先に酒樽や布入りの箱などをくどいほど置いてやったところ、どの猫もまだ不審げな顔つきではあるもののの、やっとそれなりに落ち着いてくれた。

その猫の首輪も、明るめの柿色にして「の」を散らした。これならすぐのどか屋の猫だと分かる。

のどかと、その娘のちのは、茶白の縞模様の猫だ。毛並みに新たな首輪の色がよく映える。いちばん小さいゆきは毛色が違って、目の青い白猫だが、顔立ちが整っているからどんな色でも似合う。

さきほど見たら、見世先の日の当たる箱の中で三匹丸まって仲良く寝ていた。これなら、旅籠付きの小料理屋でも看板猫になってくれるだろう。

「あとは、人が気張るだけね」

小料理屋に貼り紙をしながら、おちよが言った。

「あんまり貼りすぎるなよ。お客さんが見世に入ると貼り紙だらけだったら、びっくりするぞ」

「それもそうね」

おちよは「伏見の下り酒」を貼って手を止めた。

朝と昼は日替わりの膳を出す。入る魚や野菜によって献立を決め、すぐかからないといけないから大変だ。

これに、なるたけ小鉢もつける。浸し物や小粋な煮物などを加えると、身の養いになるし膳も華やぐ。

昼のかき入れ時が終わったら、一枚板の席や座敷でじっくりと料理と酒を味わう雰囲気に変わる。言ってみれば、一膳飯屋から小料理屋に趣《おもむき》を変えるのだ。これに旅籠が加わるわけだから、猫の手も借りたいところだが、むろん猫の知ったことではない。

ややあって、階段でまた足音が響いた。猫たちも物珍しいようでどたばたと追いかけっこをしているが、それとは明らかに違った。

千吉が二階から下りてきたのだ。

二

「おきゃくさん、くるね」

千吉がそう言って座敷に座った。

「もうじき、たくさん来るわよ。楽しみね、千ちゃん」

おちよが笑顔で言った。

「でも……」

息子は急にあいまいな顔つきになった。

「どうしたんだ？　千吉」

時吉が問う。

「だって、おきゃくさんに、ぜんぶあいさつするから、千ちゃん、どきどきするよ」

わらべは胸に小さい手を当てた。

「あいさつはおかあとおとうがするからね。千ちゃんはすれ違ったら『こんにちは』とか『おはようございます』とかあいさつすればいいの」

おちよがおかしそうに教えた。

「それから、お客さんが出立されるときは、『いってらっしゃい』だ」

時吉はそう教えたが、わらべにはむずかしかったらしく、また妙な顔つきになってしまった。

そこへ信兵衛が姿を現した。

いまのあいさつの話を伝えたところ、元締めは笑って言った。

「でも、千坊に『いってらっしゃい』と言われたら、お客さんが面食らうと思いますよ」

「そうよ、おまえさん。もうちょっと大きくなってからでいいよ」

「分かった。それは言わなくていいからな、千吉」

二人にそう言われたから、時吉は取り下げた。

「うん」

ほっとしたようにうなずくと、千吉は座敷で得意のお手玉を始めた。

「ところで、昼のあとに支度の時は入れますよね？」

信兵衛がたずねた。

「これまでののどか屋は休みなしでやらせていただいていたのですが。時分どきを外したり、早めに昼酒を呑まれるお客さんもいらっしゃるので」

時吉が答えた。

「それではむずかしいでしょうか」

おちよが元締めに案じ顔で問うた。

「うーん、それはまあのどか屋さんの考えもありましょうけど……」

信兵衛は腕組みをし、軽く座り直してから続けた。

「何日も続けて泊まる人を除けば、旅籠のお客さんは昼までに出立します。それから、新たに泊まる人がだいだい八つ半（午後三時）くらいから入ってきます。おけいさんたちを雇っているとはいえ、布団が汚れたら入れ替えないといけませんし、存外に力仕事もあるんですよ」

「なるほど……一時ほどを小料理屋の支度の時にあてれば、そのあいだに旅籠の見廻りもできますね」

時吉はそう考え直した。

「ご隠居みたいに昼酒を召し上がりたい方もいらっしゃるでしょうけど」

と、おちよ。

「たしかに、朝の膳が増えているわけだから、中休みも入れないともたないかもしれないな。おれはいいが、ちよが大変だ」

時吉は女房を気遣った。

「そうね。中休みのときに、ちょっとだけ横にならせてもらえたら助かるんだけど……」

おちよはそう言って座敷を見た。

一で池田のいのししが
二で煮物の蓋をあけ
三でさんざん悪さして……

どこで覚えてきたのか、風変わりな手毬唄を口ずさみながら、千吉がしきりに手を動かしている。

いつのまにかゆきが入ってきて、ちょいちょいと前足を出して毬を取ろうとする。

のどか屋が変わっても、わらべと猫の動きに変わりはない。

「寝かせてくれないかもしれないわね」

おちよが首をひねる。

「そうだな」

と、時吉。

「おかみさんだけじゃなくて、お母さんもあるから大変ですね」

信兵衛がそう言ったとき、表でばたばたと足音が響いた。

「大変《てえへん》だ、大変だ」

そう言いながら入ってきたのは、野菜の棒手振りの富八だった。

変事を知らせにきたのかと思ったが、違った。

富八の目は笑っていた。

「何かあったのかい」

時吉の問いに、富八は笑顔で答えた。

「おとせちゃんが、ややこを産みました」

三

ともに大火を逃れてきた「小菊」のおとせは、無事、ややこを産んだ。

男の子だった。

取り上げたのは、見知り越しの青葉羽津《はつ》医師だった。青葉清斎の妻で、名医と称された片倉鶴陵《かたくらかくりょう》の薫陶《くんとう》を受けた産科医だ。のどか屋の千吉も取り上げてもらったから、ずいぶんと縁が深い。

「おとせちゃんは大丈夫？」

おちよは富八にたずねた。

「へい……ちょいとお産が重かったそうですが」

「まあ、それは大変」

「いまは湯屋で養生してますが、『小菊』に戻るまでにゃ、だいぶ時がかかりそうで」

「無理しないでって伝えて」

「へい」

富八は威勢よく首を縦に振った。

「湯屋に初孫がいるんじゃ、寅次さんはお喜びだろうね」

時吉が言った。

「そりゃあもう……」

通りかかったものにちらりと目をやり、野菜の棒手振りは続けた。

「猫かわいがりもいいとこみたいですよ。おとせちゃんが床についてても、あの調子じゃじさまとばさまが世話をしてくれるでしょうや。あ、それで一つお頼みが……」

富八は肝心な用を告げた。

それを聞いたおちよと時吉は、声をそろえて答えた。

「承知しました」

「喜んで」

建て変わったのどか屋の釜開きの料理は、それにふさわしいものになった。

赤飯《せきはん》だ。

湯屋の寅次の頼みで、赤飯の折り詰めをつくることになった。小豆《あずき》をひと晩水につけるところからじっくりとつくった自慢の赤飯だ。小豆のゆで汁を折にふれて打ち水に使い、もち米に色をつけながらふっくらと蒸しあげていく。

せっかくのお祝いだから、おちよも飾り切りの腕を振るうことにした。包丁で笹を器用に切り、おめでたい鶴と亀をかたどった。こういう手わざにかけては、おちよに一日《いちじつ》の長《ちょう》がある。

赤飯だけではいま一つ華がないから、相談した末、伊達巻《だてま》きもつくることにした。貴重な玉子と砂糖をふんだんに使った伊達巻きは、祝いの品にふさわしい贅沢な品だ。

「この伊達巻きにはちょいと仕掛けがあるんだ。分かるかい、千吉」

厨で手を動かしながら、時吉は息子にたずねた。

踏み台を新たにこしらえてやり、その上に乗ればまな板に届くようになった。わらべ向きの包丁もあつらえた。千吉は喜んで、人参や大根を刻んだりするようになった。

「にゃーにゃの手、にゃーにゃの手」

包丁で手を切ったりしないように、猫の手のかたちに指を曲げ、見よう見まねでたまに稽古をしている。

「しかけって……うごくの？」

千吉が突拍子もないことを口走ったから、おちよがお茶を吹き出した。

「伊達巻きが動いたら目を回すぞ」

「ほんと、びっくり」

と、おちよ。

「じゃあ、なに、しかけって」

千吉はいくらか片づかない顔でたずねた。

「おとうはな、上手に伊達巻きをつくって、切ったときにのどか屋の『の』が見えるようにしたんだ」

「ほんと？」

わらべの目が輝く。

「ほんとだぞ。どこを切っても『の』が出るんだ」

「のどか巻きね」

と、おちよ。

「きって、きって」

千吉がせがむ。

「これはお使い物だから、切るわけにはいかないんだ」

時吉が笑みを浮かべた。

「じいじのとこへ行ったら、もっとおいしいものをいただけるよ」

千吉があいまいな顔つきになったのを見て、すかさずおちよが言った。

これから赤飯と伊達巻きを届けがてら、ほうぼうへ足を延ばす算段をしていた。千吉は浅草で留守番だ。

「の、はたべられないの？」

千吉はまだ未練げだった。

「またいずれつくってもらおうね」

おちよが言うと、千吉はこくりとうなずいた。

四

「千吉を産んだときのことを思い出すわね」

おちよがしみじみと言った。

湯屋の奥の座敷では、おとせが床についていた。

赤子は蚊帳《かや》の中で眠っている。時吉とおちよはさっそく顔を見たが、母に似た整った面相をしていた。ゆくゆくは男前だ。

「これから楽しみが増えましたね」

時吉が寅次に言うと、岩本町の名物男はにわかに表情を崩した。

「ほんとにありがてえこって。そのうち番台に座らせてやりまさ」

いつもならおとせが父に向かってひと言口をはさむところだが、さすがに産後で大儀らしい。おとせはわずかに笑みを浮かべただけだった。

「ところで、あの子の名は？」

おちよが訊く。

「おいらが思案に思案を重ねてつけてやりました」

寅次は胸を張った。

「どんな名前です？」

時吉はいくらか身を乗り出した。

「まず、岩本町から『岩』の字をもらいました」

「なら、岩吉とか」

おちよの言葉に、湯屋のあるじは首を横に振った。

「岩助、岩太、岩蔵……」

どれも外《はず》れだった。

「分かんない。教えてくださいよ」

おちよがひざを詰めると、寅次は見得《みえ》を切るように告げた。

「岩兵衛《いわべえ》」

「ああ、なるほど」

時吉がひざを打った。

「亡くなった人情家主の源兵衛さんからいただいたんですね？」

「そのとおりで」

寅次の顔つきがあらたまった。

「源兵衛さんが亡くなったあとに、この孫が生まれたんでさ。こりゃあ生まれ変わりかもしれねえ、と思ってね」

しみじみとした口調で告げる。

「源兵衛さんの生まれ変わりなら、きっとみなから慕われる人になるわね」

おちよはそう言っておとせの顔を見た。

大きなつとめを終えた女がゆっくりとうなずく。

「なら、ここで岩兵衛を詠みこんで一句」

寅次がだしぬけに所望したところで、湯屋のおかみが切った伊達巻きとお茶を運んできた。皿に、の、の、と積まれたのどか巻きだ。

「おまえも食べるかい？」

母がたずねた。

おとせはうなずき、少しだけ身を起こしてゆっくりと味わうように伊達巻きを食べた。

「おいしい……」

いささか細いが、思いのこもった声が響いた。

それを聞いたとき、おちよはひらめいた。

いくたびも「の」のあらはるるめでたさよ

のどか巻きを詠んだ句だった。しかし、いま所望されているのは赤子の句だ。おちよは頭を切り替えた。

ややあって、ようやく頭の鉢の中に言葉が降ってきた。

みどり子のその名ほまれの岩兵衛と

みどり子は季語ではないが、したたるような樹木の緑とかけてある。格別にいい句でもないけれど、祝いの発句だからこれでいいだろう。

「ほまれの名になるといいな」

「なるよ、きっと」

湯屋の夫婦はうなずき合った。


あまり長居をすると、おとせが休めない。伊達巻きが半ばほどなくなったところで、時吉とおちよは腰を上げた。

「吉太郎さんを、よろしく……」

最後におとせはそう声をかけた。

しばらくは手伝えない見世を気にかけていることは明らかだった。そこで、二人は「小菊」に向かうことにした。

湯屋にも置かせてもらったが、のどか屋の引札を刷り物にしたものを持参してきた。はじめのうちは元締めもなるたけ客を手配してくれるらしいが、おのれの力でも旅籠を広めなければならない。

見世先でみけが前足をそろえてぽつねんとしていた。

頭をなでてやると、前の飼い主を思い出したのかどうか、三毛猫はごろごろとのどを鳴らした。

「あっ、いらっしゃいまし」

ばたばたと手を動かしながら、吉太郎が言った。

「小菊」は忙しそうだった。一枚板にも座敷にも客が入っているし、寿司やおにぎりの持ち帰りの客もいる。厨だけでも大変なのに、次から次へと客の相手をしなければならないから、見かねておちよと時吉が手伝ったほどだった。

「彩りの豊かなおにぎりだね」

折り詰めになっているものを見て、時吉が言った。

「ややこができた祝いに何かつくれとお客さんに言われたので、はじめは紅白にぎりを考えたんですけど、ちょいと物足りないので五色にしてみました。……毎度、ありがたく存じます」

客に包みを渡しながら、吉太郎は説明した。

紅生姜に青海苔にもみ海苔、それにおぼろ昆布に刻み沢庵の五色だ。硬すぎずやわらかすぎず、ちょうどいい按配のにぎり方だった。

太巻きも五色だ。

玉子の黄、でんぶの紅、胡瓜の緑、干瓢の茶を、海苔の黒がしっかりと包みこんでいる。

忘れちゃいけないのは寿司飯の白だ。これも酢のしみ具合が絶妙だった。前に出すぎて具を殺すことのない、うまい酢飯だ。味がいいのに加えて、細工の腕もある。

「小菊」が流行《はや》るのもよくうなずけた。

「おーい、太巻きを切ってくんな」

「銚子のお代わり」

「おいらは茶をくれ」

座敷から口々に声が飛ぶ。

「はいはい、ただいま」

「いま運びます」

おちよと時吉が手伝う。

「なんでえ、のどか屋に戻ったみてえだな」

「そりゃ、ここはのどか屋だったんだからよ」

「おかみが手伝えるようになるまで、のどか屋さんがつなぐのかい？」

座敷に陣取っていた職人衆のかしらがたずねた。

「いえいえ、うちはそろそろ見世開きですので。……これをよしなに」

おちよは如才なく引札の刷りものを差し出した。

「ほほう、『ほっこり宿、小料理のどか屋』かい」

かしらが笑みを浮かべた。

「次は何ですかい?」

仮名しか読めない職人が問う。

「『美味、あさめし』って書いてあらあ。うめえ朝飯がつくんだぜ」

かしらが得意げに告げる。

「そりゃ、のどか屋の朝飯ならうめえだろうぜ」

「朝飯だけ食いに行ってもいいのかい?」

「どうぞどうぞ、お待ちしています」

おちよは身ぶりまでまじえて答えた。

「それはそうと、この調子じゃ大変だな、吉太郎」

厨の手伝いもしながら、時吉は声をかけた。

「ええ、いい人がいたら手伝ってもらいたいくらいです。貼り紙を出そうかと思ってるんですが」

　やや疲れの見える顔で、吉太郎は言った。

「うちはおけいちゃんを入れて三人も雇っちゃったから、申し訳ないけどいまは回せないわね。おとせちゃんから『よろしく』と言われたんだけど」

　おちよはすまなそうな顔つきになった。

「もしどなたか見つかったら、どうかよしなに」

「男の料理人でもいいのかい？」

　時吉が訊いた。

「はい。見習いでも何でもかまいません。とにかく、おとせが戻るまで、手が足りないもので」

　困った顔で、吉太郎は答えた。

「おまえじゃ助けにならないものね」

　ちょうど入ってきたみけに向かって、おちよは言った。

　もちろん、猫の知ったことではない。

「小菊」の看板猫は伸びをしたかと思うと、ふわあ、と大きなあくびをした。

第七章　ほっこり膳

一

その日が来た。

江戸じゅうが浮き足立つ両国の川開きの日は、雲一つない晴天になった。

泊まり客は午後から入る。そこで、小料理は昼の膳から始めることにした。

ことさらに構えたものではなく、仕入れに合わせて膳をこしらえていった。活きのいい鯵《あじ》がたくさん入ったので、奇をてらわずに塩焼きにした。

簡明な料理だが、見えないところで技を使う。まずえらを取り除き、腹に切り込みを入れ、刃先でわたを引きずり出す。それから水で洗って血合いを除き、尾に近いところにあるぜいごを削り取る。

腹とは逆側にも火がよく通るように切り込みを二本入れ、一尺ほどの高さからはらりと塩を振り、こんがりといい按配の色がつくまで焼きあげる。水気を切った大根おろしを添えれば出来上がりだ。

椀は若布《わかめ》と豆腐の味噌汁にした。いい木綿豆腐が入るから、ほかの肴にもいろいろと使うことができる。

まぜ飯や炊き込みご飯、炒め飯に丼に散らし寿司、なんでもござれののどか屋だが、しばらくは「ただの飯」で押すことにした。ほっこりと炊きあげた白飯にまさるものはない。その炊き加減に腕が出る。

時吉は少しかために炊く。そうすると、わずかなお焦げができる。これが涙の出るほどうまい。

ちりちり、ちりちり……。

釜の中から音が響いてきたら頃合いだ。

炊けたぞ、炊けたぞ。お焦げがうまいぞ……。

釜がそう告げているかのようだった。

これに香の物がつく。沢庵と柴漬けと割り干し大根の醬油漬け。ありふれたものばかりだが、ただの飯には素朴な漬物がいちばんだ。

小鉢は小芋の煮物、それに小松菜のお浸しを添えた。納豆や奴豆腐、それに煮豆などを好みで添えることができる。

「お待たせしました。のどか屋自慢のほっこり膳でございます」

おちよが笑顔で膳を運んでいった。

「おお、来た来た」

「久々の膳だな」

「これを食わなきゃ、力が出ねえや」

岩本町のときからの常連の職人衆が来てくれた。なかには、祝いの酒を提げてきた男もいた。持つべきものは良き常連だ。

「飯がうめえな」

「魚もいい按配に焼けてるぞ」

初めて見る顔も多かった。

ほうぼうに引札の貼り紙を出したおかげで、川開きに合わせてのどか屋ものれんを出すことはずいぶんと知れわたっていたらしい。一枚板の席も座敷も埋まり、順を待ってもらう客まで出た。

「相済みません。いま少しお待ちくださいまし」

おちよとそろいの着物のおけいが頭を下げる。

その背では、いつもと勝手が違うせいか、善松がむずかりだしていた。子連れだとなかなかに大変だ。

おそめとおしんも姿を見せていたが、まだ慣れないようで、膳を運ぶときに鉢合わせになりかけたほどだった。ありがたく存じました、の声も出ない。このあたりは場数を踏まないとむずかしそうだった。

「おかあ」

ばたばたと動いているおちよに向かって、千吉がだしぬけに声をかけた。

「ん、何？」

「おしっこ」

「勝手に行っといで。場所は分かるでしょ？」

忙しいから邪慳《じゃけん》に扱うと、千吉は不服そうに見世の裏手へ向かった。客ばかりでなく、わらべの相手もしなければならない。

それと察して、旅籠の客が来るまで、おそめとおしんがかわるがわるに千吉の相手をしてくれた。ただし、岩本町の角にあった見世とは違って、前の道にはたまさか荷車も通る。駕籠や飛脚も来る。うっかりぶつかったりしないように気を遣わなければならなかった。

そうこうしているうちに、昼のほっこり膳がなくなった。主役にする鰺がなくなったら、膳として出すわけにはいかない。

「相済みません、昼の部は終いでございます」

おちよが声を張りあげた。

おけいが心得て「したく中」の立札を見世の前に出す。

「なんでえ、食えなかったな」

「せっかく来たのによう」

なかには不服そうな客もいた。

「まことに申し訳ございません。馬喰町に力屋さんというおいしいお見世がございますので、よろしければそちらで召し上がってくださいまし」

おちよは立て板に水で言った。

もし昼の膳が早めに売り切れてしまったら、力屋を紹介しよう。ゆうべ、時吉とおちよはそんな相談をしていた。

「そうかい。道はどう行くんだ？」

客の問いに、今度はおけいがすらすらと答えた。そのあたりの手筈はしっかりと整えてある。

「よその飯屋に客をやってもいいのか？」

機嫌を直した客が問う。

「ええ。猫同士が親戚なもので」

おちよが見世先の樽の上でのんきに寝ているのどかを指さした。

「猫が？」

「いらっしゃれば分かります。大きなぶち猫がいますので」

おちよはそう言って笑った。

二

「なんだ、中休みが入るのかい？」

案に相違したという面持ちで、隠居がたずねた。

「相済みません、ご隠居さん。せっかくの昼酒のお楽しみだったのに」

「旅籠もありますもので、中休みを入れさせていただくことにしたんです」

のどか屋の二人はそう言ってわびた。

「そうかい。なら、仕方がないね」

「鰺はなくなってしまいましたが、小芋の煮物や小松菜のお浸しなどはあります。ご隠居さんなら、こちらで召し上がってくださいまし」

時吉が一枚板の席を示した。

「だったら、ちょいと腹が減っているものでね」

隠居はそう言って腰を下ろした。

料理を出し、しばらくよもやま話をしていると、元締めの信兵衛が顔をのぞかせた。

「中休みがあるのを知らずに来てしまいましたよ、元締めさん」

隠居が苦笑いを浮かべた。

「相済みません。休みを入れたほうがいいんじゃないかと言ったのはわたしなので」

信兵衛がすまなそうに言う。

「いや、旅籠もあるんだから、そのほうがいいかもしれないね」

「もしよろしければ、真新しい畳の上でお休みになられては？」

おちよが水を向けた。

「そうかい……旅籠の初めての客になるわけだね。ただ休むだけだけど」

軽く断るかと思いきや、隠居は乗り気を見せた。

「でしたら、どの部屋でもかまいませんので、お休みになってくださいまし」

と、おちよ。

「なら、ちょいと失礼して、畳の匂いをかいでくるよ。年寄りがかいだら若返るかもしれないからね」

そんな戯れ言を飛ばして、隠居はゆっくりと腰を上げた。

「そろそろ、最初の泊まり客が来る頃合いだね」

信兵衛が言った。

「なんだか、心の臓が鳴ってきました」

おちよが胸に手をやる。

「今日はまだ客を迎えるだけだから、勢ぞろいしていても暇だけどね」

と、元締め。

「何かお手伝いすることがありましたら」

おしんが進んで申し出た。

初めは暗い顔つきをしていたが、何かふっ切れたのか、それともおとっつぁんに巡り合うことを励みにしているのか、おしんの表情は明らかに変わっていた。この顔つきなら大丈夫だ。

「なら、べつの旅籠へ行くかい？　やることはいくらでもあるから」

「はい、やらせていただきます」

おしんのほおにえくぼができた。

「わたしはどうしましょう」

おそめが落ち着かない素ぶりでたずねる。

「おそめちゃんはお客さんが来たときにどうするか、もう一度頭の中で考えてて」

「はい」

「それから、わたしの手が回らなかったら千吉の子守りをお願い」

と、猫をじゃらしはじめたわらべを指さす。

「分かりました」

おそめも笑顔になった。

中休みを入れたとはいえ、忙しさに変わりはなかった。塩焼きの鰺はなくなったが、開きにする分は取ってあった。煮物の下ごしらえや漬物、それに、継ぎ足しながら使っている命のたれや煎り酒《いざけ》などもつくらなければならない。時吉とおちよは、しばらくその支度に追われた。

そうこうしているうちに、初めの泊まり客が来た。

「なんだい、弁《べん》さんか」

信兵衛が声をかけた。

「『なんだい』はあいさつじゃないか。元締めじきじきのお声がかりだから来てやったのによう」

そう答えたのは、芝神明《しばしんめい》の薬種問屋、越前屋《えちぜんや》のあるじで弁吉《べんきち》という男だった。信兵衛とはかねてよりの知り合いで、のどか屋の初日に泊まらないかと声をかけられていたらしい。

「ようこそのお越しで。お部屋はすべて空いておりますので」

おちよが身ぶりをまじえて言った。さすがのおちよも、初めての泊まり客とあっていくぶん緊張の面持ちだ。

「そうかい。どこにする？」

弁吉は一緒に連れてきた見世の者たちにたずねた。

むろん、目当ては両国の川開きだ。屋形船《やかたぶね》で酒を呑みながら花火を見物したあとは、遠い芝神明には帰らず、横山町ののどか屋に泊まることになっている。宿で呑み直すことも思案に入れ、部屋にも運べるように盆や酒器などを抜かりなく準備してあった。

「手前どもはどこでも」

「奥のほうが落ち着きましょうか」

「旦那さまにお任せします」

越前屋の者たちが口々に言った。

一階の広めの一部屋と二階の三つの部屋は通りに面しているため、往来をながめることができる。ただしその分、物売りの声などが聞こえるから、なかにはうるさいと感じる客もいるかもしれない。

その点、二階の奥の二部屋は静かだが、裏しか見えないから景色は芳《かんば》しくない。そのあたりは善し悪しなので、そのうち客の好みを聞いて部屋を決めようかと相談していた。

「なら、外が見えるほうがいいや。二階の角にしよう」

弁吉はすぐさま決めた。

その後は、あしたの朝膳が要り用かどうかをたしかめたうえで前金を頂戴し、鑑札《かんさつ》を渡した。どうあっても要る物ではないのだが、のどや屋の泊まり客である証しだ。

「の」に加えて、「横山町　のどか屋」と文字も添えられている。

「では、ご案内いたします。……おそめちゃん、お願い」

善松がぐずりだしたから、おけいはおそめに案内を頼んだ。

「こちらです」

おそめは肚《はら》をくくったような顔つきで先導しはじめた。念のために、おちよもついていく。

「この階段は急ですから、裏からお回りください」

おちよが如才なく言った。

「それなら、初めから一つにしとけばよかったんじゃないか、おかみ」

「ええ、そうなんですが、急なほうを先にこしらえてしまったもので」

「そうかい。なら、しょうがないな」

そんな調子で、和気を漂わせながら客を二階に案内した。

「その奥でございます。どうぞごゆっくり」

「ごゆっくり」

おちよとおそめが声をそろえた。

これで初めの客の案内が終わった。やれやれ、とほっとひと息ついたとき、うしろで素《す》っ頓狂《とんきょう》な声があがった。

「ありゃ、座敷でじいさんが寝てるぞ。先客かい？」

それを聞いて、おとよとおそめは顔を見合わせた。

客のことばかり考えていて、すっかり忘れていた。

先に隠居が二階に上がっていたのだ。

三

「いやあ、あんまり気持ちがいいもんだから、ついうとうとしてしまってね」

季川がそう言って頭をかいた。

「末永く語り継がれますよ、ご隠居さん」

おちよがおかしそうに言う。

越前屋の弁吉たちも肝《きも》をつぶしたことだろう。旅籠の初めての客として部屋に向かったら、老人がいびきをかいて気持ちよさそうに寝ていたのだから。

「まあ、なんにせよ、千客万来でめでたいかぎりだよ」

隠居はごまかすように言うと、小竹葉豆腐《おざさどうふ》に箸を伸ばした。

いい木綿豆腐が入ったから、さっそく時吉がつくってみた品だ。まず豆腐の水気を切って串に刺し、しっかりと焼き目がつくまで焼く。だしに醤油と味醂、それに命のたれを加えたものを煮立て、豆腐を手で崩しながら入れる。

さっと煮たところで、溶き玉子を回し入れる。これは半熟で止め、すり山椒を振りかけていただく。

「うまいなあ、この豆腐」

「ほんまや。外は焦げ目がついてぱりっ、かりっ。中は豆腐のうま味が残ってて、もちっ、ふわっとしててんねん」

上方《かみがた》なまりの男たちが言う。

偉丈夫が原川新五郎《はらかわしんごろう》、華奢なほうが国枝幸兵衛《くにえだこうべえ》、どちらも大和梨川藩《やまとなしがわ》の勤番の武士だ。時吉が二本差しの武士だったころ、同じ藩の禄《ろく》を食《は》んでいた。そのよしみで、いまなおのどか屋に通ったり、宿直《とのい》の弁当を頼んだりしてくれている。

「酒の肴にぴったりだね。山椒がいい仕事をしてるよ」

隠居が猪口を傾ける。

「そら、ぱりかりに、もちふわ、やからね」

「そこまで略すことはあるまいに」

引札を目にして来てくれた二人の武士が上機嫌で掛け合う。

「お、始まったね」

隠居が耳に手をやった。

気を持たせるように暮れなずんでいた空がようやく暗くなり、両国のほうからお待ちかねの花火の音が響いてきた。

「これから夜通しだな」

「ありゃあ、屋形船に乗ってねえと疲れるから」

「人が多すぎるんで、こうやって座敷で呑んでるのがいちばんさ」

座敷に陣取っているのは、近くの袋物の職人衆だった。これまた引札を見て来てくれた新顔だ。

宿も小料理屋も、ひとまず順調な滑り出しになった。時吉もおちよもほっとひと息ついた。

「なら、つとめの人はそろそろよさそうだね」

頃合いと見て、信兵衛が言った。

掛け持ちになるおしんはべつの旅籠へ出向いているが、おけいとおそめはまだのどか屋にいて、仕込みの手伝いなどをしながら客や千吉の相手をしていた。おそめはまだ酌に慣れていないようだが、逆にそのうぶな感じが好ましかった。

「そうですね。じゃあ、おけいちゃんとおそめちゃんは長屋に戻ってくださいな」

おちよが笑顔で言った。

「ご苦労さんだったね。おしんちゃんも拾って、浅草までぶらぶら帰ろうじゃないか」

信兵衛が言った。

元締めの家の斜向かいに長屋がある。これも何かの縁だし、部屋にかぎりもあるから、おそめとおしんは同じところに住まうことになった。これなら、二人の役どころを替えることもできる。信兵衛の思案はなかなかに周到だった。

「では、またあした」

おけいが笑顔で言った。

その背で、善松がまた泣き声をあげた。大火があったあとだから、心配で片時も離れたくないという気持ちは分かるが、赤子を背負って働くのはなかなかに大儀だ。そのうち信に足る人が見つかれば、つとめのあいだだけは預けることも考えたほうがよさそうに思われた。

「お疲れさま」

「またよろしく」

のどか屋の二人に声をかけられ、手伝いの女たちは元締めとともに去っていった。

暗くなってきたから提灯を持っている。むろん、そこにも「の」と記されていた。

「おとう、花火見る」

千吉が見世に入ってきて言った。

ほんのわずかだが坂になっているので、大人が背伸びをすれば花火が見える。しかし、千吉の背丈ではむずかしい。

「ちょっと待ってな。料理のきりがついたら、肩車をしてやるから」

「うん」

千吉は大きくうなずいた。

「ええ子やな」

「大《お》っきなったもんや」

勤番の武士たちが声をかける。

「このところ、包丁を使うお稽古もしてるんですよ」

と、おちよ。

「えらいもんやな」

「そら、二代目やさかい」

「そのうち、千坊が肴をつくってくれますよ」

一枚板の席から、隠居が温顔で言った。

ややあって、料理が続けざまに運ばれてきた。

明日の朝膳の小鉢にもなるものをと、時吉は思案してこしらえた。

まず、切り干し大根と油揚げの煮物だ。胡麻油で炒め、火が通ったところでだしを投じ、酒と醬油と味醂を加えて汁気がなくなるまで煮る。味醂を多めにすると、甘辛いほっこりした味になる。竜閑町の醬油酢問屋、安房屋おすすめの流山《ながれやま》の極上の味醂だ。

蒟蒻《こんにゃく》とさつま揚げの炒め煮も胡麻油の香りが命だ。さつま揚げは魚からていねいにつくることもあるのだが、近場にいい練り物の見世があるので、そこから仕入れてきた。さっそく焼いて隠居に舌だめしを頼んだところ、なかなかの好評だった。

さつま揚げと蒟蒻のかみ味の違いも楽しめるひと品だ。一味《いちみ》唐辛子を少し振って食すと酒が進む。冷えても味がしみてうまいから、ひと晩おいて朝膳の小鉢にする腹づもりだった。

「この豆は後を引くな」

「ほんまや。やめられへんで」

勤番の武士たちがほめたのは、ひたし豆だった。

水で戻した青大豆を、醬油を加えただしにじっくりつけ、大根おろしを添えてお出しする。

ただそれだけの料理だが、豆の風味が何とも言えない。食べ終わって酒を呑むと、またいつしか豆に箸が伸びる。

朝膳にする肴ばかりではない。夕から夜の部の華とも言うべき料理も、むろん腕によりをかけてつくった。

「見世開きなんだから、やっぱりこれがなきゃな」

「そうそう、おめで鯛」

袋物の職人衆が喜んでくれたのは、鯛の引き造りだった。土佐醤油と山葵でいただくと、ことのほかうまい。

造りばかりではない。兜煮《かぶとに》は武家に喜ばれるから、勤番の武士たちに出した。あとはあら煮をつくっておけば、余すところなく成仏《じょうぶつ》させられる。

「おとう、早く」

千吉がしびれを切らしたようにせがんだ。

「おう、いま行く。……ちよ、ちょいと代わってくれ」

「あいよ」

やっときりがついたので、時吉は厨をおちよに託した。

長吉からは味つけが大ざっぱだと言われているが、もちろんひどい味になるわけではない。包丁の腕はたしかだ。もし時吉が一人でどこぞへ出かけなければならなくなったときは、おちよが代わりに厨に立つことに話が決まっていた。

ただし、以前は休みのたびに江戸のめぼしい料理屋を回って舌だめしをしていたものだが、もうあらかた回りつくしてしまった。皿が上から出ている見世に鼻白《はなしら》んだり、手抜きが分かって料理が喉を通らなかったり、嫌な思いをさせられたことも一再ならずある。おちよは「これも肥やしだから、気兼ねなく出かけてきて」と言ってくれているのだが、いまのところそういうつもりもなかった。

「待たせたな、千吉」

時吉は息子に向かって両手を伸ばした。

「花火、おわっちゃうよ」

千吉が涙目で言う。

「そんなに早く終わりゃしないさ。ほら、肩ぐるまだ」

ずいぶん重くなったわが子を肩の上に乗せ、両国のほうへ向ける。

「あっ、見えた」

千吉の機嫌はたちまち直った。

「見えたか」

「うん」

その声まで光っているかのようだった。

「花火はきれいだな」

「うん、きれい」

そう答えた千吉は、いくらか思案してから続けた。

「千ちゃん、大きくなったら、花火になる」

突拍子もない言葉を聞いて、時吉ばかりでなく、のどか屋じゅうに和気が満ちた。

「どうして花火になりたいんだ？」

父の問いに、肩に乗った息子はこう答えた。

「花火になって、江戸をあかるくするの」

思いも寄らなかった答えだった。

「そうか……」

急に胸がつまったが、時吉は瞬きをしてから言った。

「花火になれ。江戸を明るくしろ、千吉」

また一つ、闇空に花が開いた。

大火で打ちのめされた江戸の空が、ほんの少し明るくなった。

「うん、あかるくする」

千吉は元気よく答えた。

第八章　まかない炒め飯

一

こうして、「ほっこり宿　小料理のどか屋」は船出をした。

照る日もあれば、曇る日もある。なかなか思いどおりにいかなくて、ため息をつくときもあった。

横山町には旅籠が並んでいる。元締めの信兵衛ばかりが旅籠を出しているわけではない。両隣と向かいは、言わばあきないがたきだ。顔を合わせればあいさつくらいはするが、裏へ回れば「この新参者めが」と舌を出されているかもしれない。

朝と昼、膳が二度になったから、初めのうちは勝手が違った。仕入れの具合によっては、昼の膳が薄くなってしまうのだ。

「なんでえ、自慢の味って、昼の膳は厚揚げの煮物かよ」

「魚もねえのかい」

初めて足を運ぶ客から文句をつけられたこともあった。

「相済みません。足の早い魚が少ししか入りませんで」

「次からは多めに仕入れますので」

時吉もおちよも平謝りだった。

しかし、今度はとばかりに鰺を多めに仕入れてたたき丼の膳にしたところ、折あしく雨模様になって客足が鈍り、ずいぶんと無駄になってしまったこともあった。喜んだのは猫たちだけだ。

そんな按配で、うまくいかないときもあったが、小料理屋に関してはそれなりに年季が入っている。ほどなく仕入れのこつも分かり、昼の膳の顔になるものが薄くなったら干物《ひもの》でしのいでうまく回せるようになった。

裏手で干している干物は、猫に取られないように高いところに吊るしておく。それでもどうにかして取ろうとしてぴょんぴょん跳ぶから、のどか屋の猫はどれも腹が締まっていた。

こうして風干しにした魚の干物は、酒と味醂などでつくったたれを刷毛《はけ》で塗ってからじっくり焼く。じわじわと泡が出てきたら頃合いで、大根おろしを添えてお出しする。どうかすると刺身より人気があるほどで、昼の膳には決まって干物を頼む者も増えてきた。

そういった調子で、小料理のどか屋は初めの坂を乗り切ったのだが、旅籠のほうはなかなかに勝手が違った。前金をいただき、茶と菓子を運んでしばらく話をし、「では、ごゆっくり」とあいさつして下がる。あくる日に朝膳をお出しして、「行ってらっしゃいまし」とお見送りする。それから部屋をきれいに掃除して、洗った浴衣と帯を置いて次のお客さんをお待ちする。

そういった手のかからない客ばかりなら楽なのだが、なかにはそうでない者もいた。たちの悪い客だっている。

宿が気に入ったから続けて泊まりたい、代金は弟のところへ寄ってから払うとにこやかに告げた客が、朝膳の前にゆくえをくらまして逃げたことがあった。煙草盆から手ぬぐい、果ては行灯《あんどん》まで盗まれていたから、腹が立つのを通り越していっそあきれたものだった。

宿に来たときはいいお客さんだと思ったのに、酒癖がすこぶる悪くて往生《おうじょう》させられたこともあった。癖が悪くなくても、呑みすぎて畳の上で戻されたりしたら掃除に手間がかかってしまう。

江戸見物に来たお客さんのために、浅草をはじめとする近くの名所を案内した刷りものもこしらえておいた。だが、そういう目的のために来る客ばかりではない。女を世話しろと言ってきた客にはあきれて、時吉は珍しくこわもてを見せたものだ。

「万一のことがあったら困るから、帯に鈴をつけたほうがいいわね」

その話を聞いて、おちよが案じ顔で言った。

おそめやおしんが客を部屋に案内するとき、やにわに手首をつかんで狼藉《ろうぜき》を働こうとする客がいないともかぎらない。

「そうだな。何か事があってからじゃ遅い」

時吉も了承した。

そんなわけで、きれいな紅色の鈴を帯につけることにした。いざとなったら気合いの力勝負でも太刀打ちできそうなおちよまで鈴をつけていたが、時吉は余計な口をはさまなかった。

鈴をつけたら、猫たちが浮き足立って、娘たちのあとをついていくようになった。これは猫好きの客には好評だった。図らずも「猫がいる宿」として口から口へと伝えられて、べつの客も来てくれるようになったから、思わぬかたちで巡りめぐって策が当たったことになる。

いままではおもに常連を相手の小料理屋で、一見《いちげん》の客がふらりとのれんをくぐることはあまりなかったけれども、旅籠はそうではない。ちゃんと約を取る客もなかにはいるが、多くは見知らぬ客がだしぬけに現れる。

なかにはいやに暗い顔をしている客もいた。行商人のようだが、あきないが不首尾に終わったのか、まるでこの世の終わりのような打ちひしがれた顔つきだった。

こんなときに、何か声をかけるべきかどうか。

小料理屋なら、あまりにも肩を落とした客が入ってくることはまずない。それに、お酌をしながらわけを聞くこともできる。

その点、旅籠は勝手が違う。宿の者と話などしたくない客だっているだろう。あまり出しゃばらないようにとおけいたちにも釘を刺していたほどだった。

「ねえ、どうしよう、おまえさん。部屋で首でもくくられたら大変だよ」

機を見ておちよがたずねた。

「と言っても、こちらからのこのこ部屋へ出ていくわけにもいくまいに」

時吉が首をかしげた。

「でも、もし何かあったら後生《ごしょう》が悪いし」

「だったら、明日の朝膳で何かおまけをしてやろう。ちょっとでも元気が出るように」

「そんなことで……」

「そんなことしかできないじゃないか。うちはただの旅籠付きの小料理屋なんだから」

「身内だと思ってお客さんに接するようにって、おまえさん、あの子らに言ってたじゃない」

いくらかとがめるような口調で、おちよは言った。

「かと言って、客の人生をいちいち引き受けるわけにはいかないよ。うちにそこまでの義理はない。ほっこりする料理をお出しすることくらいしかできることはないんだ」

朝昼夕の料理づくりに旅籠の気苦労でいささか疲れていた時吉は突き放すように言ったが、おちよはなおも不服そうな顔つきをしていた。

翌日の朝膳、暗い顔をしている客におまけをしたのは、何の変哲もない里芋の煮っころがしだった。

「これも召し上がって、元気を出してくださいましな」

ほかの客に悟られないように、おちよは小声で言って鉢を示した。

「ああ……」

行商人とおぼしい男は生返事をすると、飯の合間の箸やすめに里芋を口に運んだ。

素朴だが深い味わいの里芋を食しているうち、男の顔つきがふと変わった。いくたびも瞬きをする。

そして、ほっ、と一つ太息《ふといき》をついた。

宿の札を返すとき、客の表情は少しやわらいでいた。

「毎度ありがたく存じました。いかがでしたでしょうか」

客の人生には深入りせず、おちよは型どおりにたずねた。

「けさの膳がおいしかったよ。とくに、里芋が」

「さようですか」

笑みがこぼれる。

「また気張ろう、という心持ちになった」

それを聞いて、おちよと時吉は思わず目と目を見合わせた。

「ありがたく存じます。またよしなに」

「お待ちしております」

のどか屋の二人の声が弾んだ。

二

「そりゃあ、良かったね。人生のいちばんつらい坂道で、うしろから荷を押してくれるような料理になったんだよ」

話を聞いた隠居が温顔をほころばせた。

中休みが終わり、さあもうひと気張りという時分にふらりと顔をのぞかせ、皮切りの酒を所望してくれる。岩本町から横山町に移って旅籠が付いても、相変わらずありがたい一枚板の顔だった。

「旅籠ってのは、とにかくいろんな人が泊まりますからね。ほかにはどんなお客さんが来ましたか？」

元締めの信兵衛がたずねた。

はじめのうちは毎日顔を出していたが、もう大丈夫と見たのかどうか、このところはおけいにつなぎを任せて浅草にいることが多い。

「おまえさん、あの彫り物の……」

おちよが水を向けると、時吉はすぐさま、

「ああ、あのこわもてのお客さんか」

と答えた。

湯屋帰りに、竜だの夜叉だののこわらしい彫り物を見せびらかしながら帰ってきた男がいた。顔には向こう傷がある。凶状持ちのような悪相で、あまり夜には出会いたくないような雰囲気だった。

何か事でも起こされたらどうしようかと案じていたのだが、杞憂に終わった。朝に麦とろ膳を出したところ、うまそうにわしわしと平らげ、宿を出がけに渋く笑って
「いい仕事してるじゃねえか」とほめてくれた。

「はは、人は見かけによらないものだからね」

隠居はそう言って、茗荷《みようが》と葱をたっぷりのせた奴豆腐を口に運んだ。

川開きのころはまだ夜風にとげがあったものだが、ここ一両日はむしむしとよほど暑い。さっぱりした料理がありがたい時分になってきた。

「ごめんね、ちょっとどいてね」

おけいが猫に声をかけながら打ち水をしている。

その背に善松の姿はなかった。赤子を背負っていくたびも階段の上り下りをするの

は大儀だし、善松もかわいそうだ。

そう悟ったおけいは、隣の長屋で組紐を織っているおすまという女に乳呑み児がいるのを幸い、手間賃からいくらか回して預かってもらうことに決めた。離ればなれになっているあいだに火が出たときのことは忘れられないが、おすまはしっかりした女だし、近くには元締めもいる。夕方は早く上がらせてもらい、日のあるうちに長屋に戻れば、そのあとは親子水入らずで暮らせる。

ひとたびそう決めると、おけいは人一倍働くようになった。部屋に空きがあるとき、両国の広小路まで出向いて呼びこみをして客を取ってきたこともある。なかなか手が離せない時吉とおちよにとってはずいぶんとありがたかった。

「ご案内、終わりました」

おそめが盆を小脇に抱えて戻ってきた。

「ああ、ご苦労さま」

「だいぶ板についてきたね」

元締めが笑顔で言う。

「いえ、まだまだです。お茶はこぼさなくなりましたけど」

おそめも笑みを浮かべて答えた。

急なほうの階段を急いで登っているとき、うっかりつまずいてお茶をひっくり返してしまったことがある。それ以来、おそめは必ず裏手の階段を使うようにしていた。

部屋があらかた埋まってきたから、おしんはべつの旅籠に向かった。まじめに働いてくれるので、それぞれの旅籠のあるじの信頼は厚い。

旅籠の掛け持ちはさほど苦にはなっていないようだった。むしろ、たくさんのお客さんの顔を見ることができるから、ありがたいと思っているらしい。多くの客の顔を見れば、生き別れたおとっつぁんに巡り合う機会も増える。

夕方の顔かたちがはっきりしないころに到着したお客さんが、おとっつぁんに見えたことは一再ならずあったようだった。

「はっとして、思わず駆け寄ったら、似ても似つかない人でした。変な顔をしてましたけど」

あるおり、おしんはおちよに向かって寂しそうに語った。

「いつか、きっと帰ってくるわよ」

おちよはそう言って励ました。

「ええ、いつか……」

おしんは少し遠い目つきで答えた。

三

軒行灯に灯を入れようと、おちよが外へ出たとき、家族とおぼしい三人が前を通りかかった。

旅装だ。

その姿を見たおちよは、すかさず声をかけた。

「お宿をお探しですか？　空きがございますよ」

おちよの声を聞いて、歩みが止まった。

「三人で、しばらく泊まりたいんだが……」

「大丈夫でございます。続けて泊まられるお客さまは、お安くさせていただいていますので」

ここぞとばかりに、おちよは言った。

四十がらみとおぼしい男と女は、見るからに夫婦《めおと》だった。それに、ひと目で息子と分かる男が付き従っている。どうやら家族で江戸に出てきたばかりらしい。

「おまえさん、ここは旅籠？」

女が不審そうな顔つきになった。

無理もない。いま目に映っているのは、一枚板の席と座敷がある小料理屋だ。白い髷の隠居が酒を呑んでいる。

「はい、旅籠でございますよ」

時吉も手をふいて出てきた。

「朝膳がご好評をいただいています。どうぞお泊りくださいまし」

にこやかに告げる。

「へえ、膳がつくのかい」

「朝のほかは？」

息子が小料理屋のほうを指さして問うた。

「相済みません、それは別だてにさせていただいているのですが、毎朝のほっこり膳がついて、宿賃は……」

おちよがいくらか引いた値《あたい》を告げると、家族は納得した顔つきになった。

「なら、それで」

「ありがたく存じます」

「いまご案内しますので」

時吉とおちよが頭を下げた。

「こちらです」

おけいがすぐさま案内を始めた。

これで今日は首尾よく六つの部屋がすべて埋まった。おちよがいそいそと表の掛け札を裏返す。

「とまれ〼《ます》」が「いっぱいです」に変わった。

小料理屋はさほど立てこんでいないから、おちよも茶と菓子を運んでいった。掛川《かけがわ》の銘茶に風月堂音次の松葉、ずいぶんと好評をいただいている組み合わせだ。

「どちらからお越しで？」

「安房《あわ》の館山《たてやま》から」

結城紬《ゆうきつむぎ》をまとった男が答えた。

「まあ、それは遠路はるばると、ようこそのお越しで」

「船でいらしたんですか？」

おけいがたずねると、客は妙にあいまいな表情になった。

「海は荒れるし、遠いから渡れねえ」

父がそう言って瞬きをした。

「番傘は下にございますし、もし腹痛《はらいた》などを起こされましたら、小料理屋にお薬を置いてありますので」

おちよが告げた。

前に客が急な差し込みを起こしたことがあった。薬箱にさまざまな薬を入れて備えていれば、なにかと心強い。

そこで、初めの客になってくれた芝神明の越前屋弁吉のもとへ赴き、薬を仕入れてきた。そういったこまやかな心遣いの積み重ねが、ほっこり宿の評判につながっていく。

「湯屋はこちらにございます」

おけいが刷りものを渡した。

「湯上がりに、下の小料理屋で御酒やお料理はいかがでしょうか。お安くしておきますので」

もういくたびも同じことを言っている。おちよの言葉にはまったくよどみがなかった。

「なら、あとで寄らしてもらうかね」

母が口を開いた。

「お兄ちゃんも腹が減ってるだろうから」

息子が言う。

「すると、あとでもうお一方お見えになるのでしょうか」

おちよの問いに、父は謎めいた答えをした。

「いや、もう来てる」

四

「どういうことだろうねえ、おまえさん」

安房から来た家族を見送ったあと、おちよがその話を告げて首をひねった。

「さあ……判じ物だな」

時吉はそう答えて鍋を振りはじめた。

朝と昼の膳では、手間のかかる炒め飯は出せない。そこで、夕の部にかぎって出すことにしていた。

葱に玉子、ほぐした海老や干物、さらに細かく切ったさつま揚げを加えた炒め飯だ。

胡麻油で手早く炒め、塩と胡椒で味つけする。飯を平たい鍋の端のほうに寄せ、空いたところに醤油を垂らす。

少し焦げたところでわっと土手を崩し、飯粒がぱらぱらになるまで鍋を威勢よく振ってなじませる。醤油はいくらか焦がすと風味が増すが、度が過ぎると飛んでしまう。そのあたりは気合を入れて素早くつくらなければならない。

「はい、お待ち」

と、時吉が差し出したのは客ではなかった。

おけいとおそめだった。

一日つとめてくれたお礼に、時吉がまかない飯をつくるのがいつのまにか習いとなった。炒め飯なら、その日の余りものを使えばおのずと日替わりになる。時吉の炒め飯は絶品だから、みなたいそう喜んでくれた。

「役得だね」

隠居が少しうらやましそうに言った。

「ちょっと余らないかい?」

元締めが所望する。

「承知しました。では、お分けします」

時吉が答えると、隠居も笑って手を挙げた。

「おいしい」

「今日のは海老と干物とさつま揚げが響き合ってて……」

「ご飯がぱらぱらで」

あの紅白まんじゅうをもてあましていた娘とは思えないほど、おそめは勢いこんで匙を動かしていた。

「おとう、千ちゃんも」

おんもから帰ってきた千吉までくれと言う。

「分かったよ。もういっぺんつくってやろう」

そんな按配で、鍋で飯が焼ける音がその後も心地よく響いた。

「じゃあ、千ちゃん、またあした」

「またあした」

部屋が埋まって、茶と菓子も運んだ。まかない炒め飯もおいしく食べた。おけいとおそめは笑顔で帰っていった。

「なら、わたしもそろそろ。酒の肴もさることながら、まかないの炒め飯がことのほかうまかったよ」

元締めも腰を上げた。

「ありがたく存じました。またお越しください」

おちよが頭を下げる。

「ああ。またまかないの時分に来るよ。ご隠居さんはまだ？」

「ちょいと根が生えてしまってね」

隠居がそう言って足をさすったから、のどか屋に和気が満ちた。

元締めの信兵衛と入れ替わりに、古巣の岩本町から客が来た。湯屋の寅次と野菜の棒手振りの富八だ。そういえば、岩本町の湯屋は休みの日だった。

「ありゃ、ご隠居さんだけですか」

「ちと寂しいっすね」

「いやいや、ちょうどそうなっただけさ。宿は全部埋まってるし、のどか屋は繁盛してるんだよ」

隠居があわてて言った。

「なら、良かった」

「安心しましたぜ」

寅次と富八も一枚板の席に座る。

「湯屋へ行ってるお客さんもいるし、おっつけ座敷も一杯になるでしょう」

「いまは二代目が貸し切りだけどな」

湯屋のあるじは、猫にお手玉を見せはじめた千吉を指さした。

「ところで、おとせちゃんの具合はいかがです？」

お通しのひたし豆を運びがてら、おちよがたずねた。

「やっと家ん中はゆっくり歩けるようになったんだが、ありゃあまだちょいと時がかかりそうだな」

寅次が首をひねる。

「そうですか。どうか無理しないように」

「そう言っとくよ。そうそう、できれば精のつく伊達巻きを一本お願いしたいんだがね」

「のどか巻きですね。ちょうど玉子が足りると思うので、おつくりしましょう」

時吉は答えた。

「おう、そりゃ良かった」

寅次が顔をほころばせたとき、まず二人連れの客が帰ってきた。谷中《やなか》の寺の秘仏がご開帳になるので見物に出てきた野田《のだ》の夫婦だ。醬油の醸造元の血筋らしいから、小料理屋とは縁がなくもない。

「お座敷が空いておりますので、冷たい御酒はいかがでしょうか。冷やしそうめんもございますが」

おちよがすすめる。

「いいね。なら、両方もらおうか」

湯上がりの客は上機嫌で手を挙げた。

井戸に盥《たらい》を下ろしておけば、酒もそうめんも存分に冷える。いい井戸があるのは実にありがたかった。

ほどなく、安房から来た家族も戻ってきた。おちよはほっとひと息ついた。すすめておきながら先に席が埋まってしまったら、平謝りするしかないところだった。

おちよが注文を訊くと、父だけ酒で、母と息子は冷たい麦湯を頼んだ。あとの料理はお任せだ。

「いいお湯だったね」

「ほんと。……申し訳ないくらい」

「なら、お兄ちゃんもまじえて、おいしいものをいただこうよ」

息子がそう言って、袱紗《ふくさ》に包んだものを取り出した。

麦湯と酒を運んできたおちよは、思わず目を瞠《みは》った。

家族の輪の中に置かれていたのは、常ならぬものだった。
それは、位牌だった。

第九章　夕鰺なめろう

一

「これは、去年死んだせがれでしてな」

館山から来た男が、おちよのまなざしを察して言った。

「さようでしたか……。御酒と麦湯でございます」

息を含む声で答え、おちよは盆で運んできたものを置いた。

野田から来た夫婦が手を止め、気の毒そうに見る。一枚板の客たちもにわかに静かになった。

「何かご所望の料理がございましたら、なんなりと。おまかせでございましたら、苦手なものなどをお知らせくださいまし」

おちよはいくぶん声を落として告げた。

「なら、お兄ちゃんは魚が好きだったんで」

弟とおぼしい男が位牌を指さした。

俗名、大吉《だいきち》
そう記されている。それが兄の名前らしい。

「承知しました。今日は風干しをつくりましたので」

厨から時吉が声をかけた。

隠居と寅次、それに富八も一枚板の席から向き直り、しみじみとした目で座敷の位牌を見た。

「息子さんは、病で亡くなったのかい？」

隠居が声をかけた。

「いえ……」

冷や酒を呑み干し、ぐい呑みを置くと、安房から来た男は続けた。

「わたしは館山で網元《あみもと》をやってる亥之吉《いのきち》という者です。これは女房のおれん、それに、末の息子の末吉《すえきち》で」

網元は家族を紹介した。

いい目つきをした若者が居住まいを正して頭を下げる。

「お兄ちゃんはなんで死んじゃったんだい」

その末吉に向かって、寅次がたずねた。

「海が急に時化《しけ》て、船が転覆してしまったんです」

「網元の跡取り息子が船に乗ってたのか？」

富八がややけげんそうな顔つきになった。

「せがれは船に乗るのが好きでして。それから……」

亥之吉はそう言うと、ふところを探り、手ぬぐいに包んだものを取り出した。開く。

中から現れたのは、包丁だった。持ち良いように柄《え》にさらしを巻いてある。かなり使いこんでいることはひと目で分かった。

「せがれはおのれで船に乗り、おのれが獲った魚をさばいてふるまうのがなにより好きでした」

「海の男だったんですね」

と、おちよ。

「そのとおりで。そんなせがれが海で死んだわけですから本望だっただろう、と思うようにしても、そりゃあやっぱり不憫《ふびん》でしてなあ」

「網元の跡継ぎなんだから、でんと浜で座っていれば、あんなことにゃならなかったんです」

おれんが目元に指をやった。

「それは愁傷《しゅうしょう》なことで」

「お悔やみ申し上げます」

同宿になった野田の夫婦が頭を下げた。

ほどなく、鱚《きす》の風干しが焼きあがった。

三枚におろした鱚の身を、醬油、味醂、酒を合わせたつけ地に小半時（約三十分）ほどつけて味をなじませる。これに金串を刺して紐で結わえ、猫にやられない高さに一時半ほど干しておく。

こうして干しあがったものを強火の遠火で焼き、焦げ目がついたところで串を外して皿に盛る。江戸の風までひと役買った、酒の肴にはこたえられない美味だ。

「うまい……」

亥之吉はゆっくりとかみながら味わい、ひと言うなるように言った。

それから、ふと思いついたようにおちよのほうを見て頼んだ。

「猪口をもう一つくれないかな」

「承知しました」

笠間《かさま》の素朴な猪口をおちよが運ぶと、亥之吉はそれを位牌の前に置いた。

「呑め」

と、酒を注ぐ。

だれも口をはさまなかった。

いや、はさめなかった。亥之吉の無念の思いが、いくらか落ちた肩のあたりから伝わってきたからだ。

表で売り声が聞こえた。


夕鰺、夕鰺ぃー……

味な、夕鰺ぃー……


「ちょうどいい。一つ桶ごと買ってきてくれ」

時吉が言った。

「あいよ」

おちよが飛び出し、いなせな姿の魚売りに「ちょいとお兄さん」と声をかけて呼び止める。

「桶をまるごと一つおくれでないか」

「へい、承知。ありがてえ」

魚売りは天秤棒を下ろし、いい按配に反《そ》っている鯵でいっぱいの桶を外した。

「手伝うぜ、おかみ」

野菜の棒手振りの富八が手を貸し、のどか屋の厨に運び入れる。同じ棒手振り仲間だ。顔を知っていたらしく、しばらく立ち話をしていた。

「こりゃあ、いい鯵だね」

隠居がのぞきこむ。

「館山でも獲れますかい」

寅次がたずねた。

「ええ。秋から冬になると味が落ちるので、浜で干物にします」

網元がすぐさま答えた。

「今日は活きがいいのが入ったので、まずはたたきで」

時吉はそう言うと、さっそく鯵をおろしにかかった。

その包丁さばきを、末吉が近寄ってじっと見ていた。

「おもしろい？　お兄ちゃん」

物おじしない千吉が近寄って問う。

「ああ、面白い。勉強になるしな」

末吉は答えた。

「厨の仕事をしたいのかい」

富八がたずねた。

「はい、兄は網元じゃなければ漁師と料理人になりたいと言ってましたから、おいらがその道を続いて歩いてやろうと」

まだ二十前の若者がそう言って目をしばたたかせる。

「おまえさんは跡取りじゃないのかい？」

今度は寅次が問う。

「上に波吉《なみきち》っていう兄がもう一人いて、留守を預かってます。大吉兄さんが死んでしまったので、波吉兄さんが跡を継ぐことになってるんで」

「ああ、なるほど」

そんな話をしているうちに、鯵の小骨まで手際よく抜いて、きれいな身になった。

刺身でも食べられる新鮮な夕鰺だ。

　これをぶつ切りにしてたたく。さらに、葱や紫蘇《しそ》や茗荷や生姜を細かく刻んだ薬味とまぜていく。

「祭囃子《まつりばやし》の太鼓の音と、料理人の包丁の音、どちらも湧き立つような江戸の音だね」

　隠居が目を細くする。

　時吉は両手に包丁を二本持ち、ため息がもれるような手さばきで鮮やかにたたいていった。

「千ちゃんも、する」

　千吉が厨に入っていった。

「これこれ、千吉。お客さんが召し上がるものですよ」

　おちよがたしなめる。

「千ちゃんも、とんとんする」

　我《が》が強くなってきた千吉は譲らない。

　ここでぐずられても困るし、ひとわたりたたき終えたところを回せば、べつに悪くなることはない。

「なら、ちょっとだけだぞ」

時吉は息子の踏み台と包丁を用意した。

「おっ、親子包丁だね」

「なおさらうまくなるな」

「指を切るんじゃねえぞ、千坊」

一枚板の席から口々に声が飛んだ。

「とんとん、とんとん」

かわいい声を出しながら、千吉が小さな包丁を動かす。

「つばが飛ぶから、声は出すな、千吉」

時吉がそうたしなめると、わらべはこくりとうなずいて、なおも父にならって鯵の身をたたいていた。

座敷では、館山の家族が話をしていた。

「そういえば、大吉がよくなめろうをつくってくれたね」

おれんがしみじみと言う。

「そうだったな。あいつのつくるなめろうは、酒の肴にちょうどよかった」

亥之吉の声は時吉の耳にはっきりと届いた。

「ここからなめろうにできますが。そういたしましょうか」

座敷に声をかけると、亥之吉は女房と顔を少し見合わせてから答えた。

「では、そうしていただけますか。江戸の料理人がつくった鯵のなめろうを食べてみたいので」

「きっとうまいよ。薬味がいい感じだから」

料理を見守っていた末吉が伝えた。

「そちらもよろしいでしょうか」

おちよが野田の夫婦に訊く。

「ええ、かまいませんよ」

「楽しみです」

快い返事があった。

「よし、もういいぞ。ここからはちょいとむずかしいから」

時吉が言うと、千吉は満足げな顔つきで包丁を置いた。

「よくやったね。千坊の包丁も入ってると、なおのことうまいだろうよ」

「まさにのどか屋の味だな」

隠居と寅次にほめられた千吉は、「おかあ、やったよ」と弾けるような笑みでおちよのもとへ歩いていった。

夕鯵のたたきに味噌を按配よくまぜ、さらにたたいていく。醬油をほんの少したらしてやるのが勘どころだ。これで味がぎゅっと締まる。

どれくらいたたくか、だいぶ粘り気が出るまで入念にたたくかどうか、好みによって変わってくる。時吉はたたきすぎになる一歩手前で包丁を止め、まずはなめろうだけの皿を出した。

「お待ち。夕鯵のなめろうでございます」

皿はすぐさま座敷にも運ばれた。

「ああ」

亥之吉の口からため息がもれた。

「うまいこと味噌と薬味が……」

おれんが感心の面持ちで和す。

「お兄ちゃんのなめろうより、しっとりしてるな」

末吉がうなずく。

「食え」

気を利かせておちよが運んできた小皿になめろうを少し取り分け、父が位牌と形見の包丁の前に置いた。

「おまえの好きだった鰺のなめろうだ。さ、たんと食え」

亥之吉の声がかすれた。

「おいしい」

「ほんに、味噌の風味がよく合ってる」

野田の夫婦からも嘆声がもれる。

「これは飯にのっけてもうまそうだな」

富八が箸を止めて言った。

「いま、すすめようかと思ったんです」

時吉が笑顔で答えた。

「なら、おいらも」

「わたしも」

湯屋のあるじと隠居が手を挙げる。

「では、こちらも」

少し遅れて、座敷も続いた。

なめろうは丼に変わった。

おろし山葵が添えられているのがみそだ。そのままわしわしと食してもむろんのことうまいが、頃合いを見て茶漬にすれば、また絶品の味になる。

「これだけで、江戸へ出てきた甲斐があったな」

亥之吉はそう言って、またほっとため息をついた。

「ごめんな、大吉。わたしらだけ、こんなおいしいものをいただいて」

と、おれん。

「そんなことを言っても、湿っぽくなるだけだ。あいつもあの世で食ってら」

陰膳《かげぜん》のように据えられた猪口の酒を自ら呑み干すと、亥之吉はそこにまた黙って酒を注いだ。

「残りの鰺は天麩羅《てんぷら》にさせていただきます。それから、鰹の手こね寿司もできておりますので」

なおも手を動かしながら、時吉は告げた。

「今日は大漁だね」

と、隠居。

「そりゃあ、館山から網元さんがお見えですから」

にこやかにおちよが和す。

野田の夫婦はわらべが好きらしく、千吉の相手を喜んでしてくれた。おかげでおちよはじっくりと網元の家族の話を聞くことができた。

「せがれは浜の若い衆にも慕われてましてな。そのうち、嫁ももらうことになっとりました」

亥之吉はそう明かした。

「どなたか決まった方がいらっしゃったんですか？」

酒を注ぎながら、おちよが問う。

「庄屋の娘さんと約ができておりました。あちらさんにも申し訳ないことをしてしまいました」

「ほんに、罪つくりなことを」

と、おれん。

「いまだに戻ってきた夢を見ます。危ないところで助かったと言って、びしょ濡れの体で笑うんです」

網元は位牌と形見の包丁のほうへ目を向けた。

「おいらが、その包丁を継ぐから」

末吉が柄に指をやったとき、鰹の手こね寿司ができた。

おちよが運ぶ。

「これは志摩《しま》の浜料理でございます」

「ほう、志摩の」

亥之吉が身を乗り出した。

「遠いけど、安房とは海でつながってますね」

おれんがうなずく。

鰹の切り身を甘めのつけ地に浸して「づけ」にする。寿司飯も甘めで、しっかり味をつけたほうがいい。

寿司飯がいくらか冷めたところで、胡麻、青紫蘇、生姜の薬味を加えてまぜる。熱いうちにまぜると風味が飛んでしまうから、細かいところまで気を遣ってつくる。ここに汁気を切った鰹をまぜ、豪快に手でこねながらまぜる。

野趣あふれる浜料理の仕上げは焼き海苔だ。これも手でちぎってまぜれば、鰹の手こね寿司の出来上がりだ。

「うまい……こんな料理をつくりたいな」

末吉が感に堪えたように言った。

「なら、末吉、こちらさんではどうかね」

おれんが声をひそめて言った。

「ひょっとして、包丁の修業をするために江戸へ？」

耳ざとく聞きつけて、おちよがたずねた。

「そうでしてな」

箸を置いて、亥之吉は言った。

「真ん中の波吉に、網元は継がせます。末っ子のこいつは、大吉の包丁を継いで、江戸の料理屋さんでちゃんと修業をして、安房で獲れた魚の料理を出す見世を開きたいと言いだしましてな。そんなわけで、大吉が果たせなかった江戸見物がてら、こうしてみなで出てきたっていう次第で」

これで話がすべて呑みこめた。

「だったら、『小菊』はどうだい」

寅次の声が高くなった。

「わたしもいま、同じことを考えてたんです」

鰺の天麩羅を揚げながら、時吉が言った。

「『小菊』と言いますと？」

亥之吉がすかさず問う。

「おいらの娘婿の見世なんでさ。先の大火で焼ける前、のどか屋さんがあったところに移らせてもらったんですが……まあ、そりゃともかく」

湯屋のあるじは座り直して続けた。

「『小菊』は細工寿司とおにぎり、それに味噌汁もうめえ見世で、娘婿の吉太郎の腕に間違いはありませんや。ちょうど、娘のおとせがお産をしたばかりで、まだ見世の手伝いができなくて困ってたんでさ。厨と見世の二股で、息子さんに手伝ってもらえれば、吉太郎も助かるんですがねえ」

「なるほど。これも何かの縁じゃないか。どうだい、末吉」

父は乗り気だったが、末吉はいくらかあいまいな顔つきをしていた。

「細工寿司とおにぎりの見世なんですね」

寅次に訊く。

「吉太郎の手わざはのどか屋ゆずりだ。遠くからも巻き寿司を買いに来てくださるくらいなんだから。きっと身になるよ」

娘婿に楽をさせたい寅次は、ここぞとばかりに言った。

「末吉さんはお魚の料理のお見世をやりたいのね？」

顔色を見ていたおちよが、それと察してたずねた。

「はい……生け簀のあるような見世を、できれば」

若者の葛藤はよく伝わってきた。

ありがたい話だが、巻き寿司やおにぎりは少々畑が違う。できれば、魚料理の稽古ができる見世がいい。

「だったら、とりあえず『小菊』で働いてもらって、おかみのおとせちゃんが見世を手伝えるようになったら、うちのおとっつぁんが浅草でやってる長吉屋に移ってもらえばいいいと思うの」

「長吉屋は大きな構えでね」

隠居が待ちかねたように口をはさんだ。

「若い料理人がたくさん修業してる。ここの時さんだって、もとは長吉屋で修業して腕を磨いたんだ」

と、時吉を指さす。

「ちゃんと生け簀だってあるよ。魚料理にかけては、うちの師匠は江戸でも指折りの料理人だから」

時吉がそう告げると、末吉の表情がにわかに晴れた。

「じゃあ、やらせていただきます」

「『小菊』を手伝ってくれるかい」

寅次の声も弾む。

「はい。どうかよしなに」

若者は畳の上に両手をついて頭を下げた。

鯵の天麩羅が、からりと揚がった。

油を切り、まずは大皿に盛りつける。

「お待ちどおさま」

おちよが笑顔で座敷に運んでいった。

二

「なら、頼むぞ」

時吉は厨に向かって言った。

「あいよ」

おちよが右手を挙げた。

今日はこれから末吉をつれて「小菊」に向かう。のどか屋の留守はおちよが守ることになった。

息子が心配だし、あいさつもしたいからと、亥之吉とおれんもついていくことになった。帰りは暗くなるだろうから、時吉が送って帰る。

「いってらっしゃいまし」

おけいとおそめが笑顔で見送った。

おけいは善松がいるから無理だが、おそめが遅くまでつとめてくれることになった。浅草までの夜道は、元締めの信兵衛が来て送る手はずになっている。

昨日、寅次は戻るなりすぐ吉太郎に話をつけてきた。吉太郎は喜んで、明日からぜひにと答えた。

けさ、野菜を運びがてら、富八がその話を伝えてくれた。

こうして、段取りがばたばたと決まった。

「焼き物は火加減に気をつけな、ちよ」

鱸《すずき》の蓼《たで》味噌焼きなどというむずかしい料理を出す算段をしていたから、時吉はなおも念を押すように言った。

「分かってるわよ。早くいってらっしゃい」

「ああ」

半ば追い出されるようにしてのどか屋を出た時吉は、館山から来た家族と話をしながら岩本町の「小菊」に向かった。

「つとめが決まってしまったら、家族そろって江戸見物というわけにもいかなくなりますね」

時吉が亥之吉に言った。

「まあ、そりゃ仕方がないです。今日は浅草の観音様にお参りできましたんで」

「この子もいますから」

おれんが穏やかに言って、着物の上からそっと手を当てた。

むろん、そこに入っているのは位牌だ。

両親にとって、息子の大吉はまだ死んではいない。これから親子水入らずでさらに江戸見物だ。

「おいらも、お兄ちゃんと一緒に気張ります」

末吉も着物の胸をたたく。

「形見の包丁だからな」

「はい。毎日、心をこめて磨いてます」

「その心がけを忘れないようにしなさい。そうすれば、いつかきっと見世を持てるから」

　時吉はそう言って励ました。

「おまえがどこぞにのれんを出したら、おとっつぁんとおっかさんがまた江戸へ出てくるからな」

「楽しみにしてるよ」

　父と母が言う。

「ああ。いつになるかは分からないけど」

「あんまり待たせたら、腰が曲がって江戸へ行けなくなっちまう」

「なるたけ早くね。でも、焦らないように、じっくりやりなさい」

　そう言ったおれんは、ふと小走りになって道の脇のほうへ向かった。

　そこにあったのは、小さなお地蔵様だった。

　亥之吉と末吉も続き、おれんとともに手を合わせる。いくたびも前を通っているが、時吉が足を止めて両手を合わせたことはなかった。それほど貧相で、あまり大事にされていないお地蔵様だった。

　時吉はそれを恥じ、館山の家族から少し離れたところで手を合わせた。

「お地蔵様を見るたびに、『ああ、大吉がいる。あの子が立ってる』と思うようになってしまって……」

お参りを終えてまた歩きだしたおれんは、いくらか恥ずかしそうに言った。

「見守ってくれてますよ、大吉さんは」

情のこもった声で、時吉は言った。

「そうそう。見世の名はもう決めてあるんです」

末吉がだしぬけに言った。

「見世って、いずれのれんを出す見世かい？」

「ええ。まだこれから修業をするのに、気の早い話ですけど」

若者は笑みを浮かべて答えた。

「どんな名前にするんだ？」

時吉の問いに、末吉はいくらか間を持たせてから答えた。

「『大吉』」

第十章　吉《きち》巻き

一

「お切りしますか？」

太巻きを頼んだ客に向かって、末吉は笑顔でたずねた。

「小菊」での修業もだいぶ慣れてきた。初めのうちはしくじりも多く、客にも慣れなかったが、このところはよどみなく言葉が出るようになった。

「おう、かぶりつくわけにもいかねえや。そこの端っこで茶を呑みながら食うから」

客はそう言って、一枚板の席を指さした。

ちょうど湯屋の寅次が座っていた。今日は休みではないからただ油を売っているだけだ。岩本町の名物男はなぜかにやにや笑っていた。

「承知しました」

末吉はそう言うと、包丁を酢水で濡らし、なかなか鮮やかな手つきで太巻きを切り分けていった。

皿に盛り、甘酢生姜を添える。

その手元を、豆絞りの手ぬぐいを頭に巻いた男が、鋭い目つきで見ていた。

「どうぞ」

「おう。いい手際だったな」

「ありがたく存じます」

初めは出なかった言葉が自然に口をつく。

豆絞りの男は一枚板の席に腰を下ろすと、太巻きの切り口を見て一つうなずいてから口中に投じ入れた。

「どんな按配です？」

寅次が問う。

「うめえ……が」

「が？」

「ちょいと盛り方が雑だな。ま、そのあたりは修業を積むにしたがって、追い追い腕も上がるだろうよ」

豆絞りの客が言うと、末吉の顔つきが微妙に変わった。

「こちらのお客さんは、長吉さんと言って、のどか屋の時吉師匠の師匠に当たる。わたしにとっては大師匠《おおししょう》だよ」

それと察して、吉太郎が紹介した。

「こ、これは……はじめまして」

末吉はあわてて言った。

「そんなにあらたまることたあねえや。時吉から話は聞いてるぜ」

「は、はい。どうかよしなに」

末吉は緊張の面持ちで頭を下げた。

「娘のおとせが元気になったんで、そろそろ見世へ戻るって言ってんだ」

寅次が告げた。

「すると、おいらは……」

末吉はおのが胸を指さした。

「おう。おれの見世で修業しな。『小菊』で包丁仕事と客あしらいを覚えてきたんだ。下ごしらえはできてら。魚料理はおれがいくらでも教えてやる。長吉屋に住み込みで修業しな。つれもいくらでもいる」

長吉は慈愛のこもった目で若者を見た。

「ありがたく存じます。この包丁にかけて……」

末吉は形見の包丁を握った。

「兄ちゃんの形見なんだってな」

「はい。海で死んだ大吉兄さんが遺していったものです。いつか見世を開くことができたら、『大吉』という名前にしようかと思ってます」

「そりゃあ、いい。きっと助《す》けてくれるぜ」

古参の料理人は、そう言って目をしばたたいた。

「気張ってやんな」

「見世を出したら食いに行くからよ」

「兄弟でやってるのとおんなじじゃねえか」

座敷に陣取った職人衆が声をかける。

「ありがたく存じます」

末吉は素直に頭を下げた。

「蛤《はまぐり》寿司も上手にできるようになったので、もう教えることはあんまりありません。

あとは大師匠にお任せです」

吉太郎が笑みを浮かべた。

「そうかい。そう言われると食いたくなってきたな。つくってくれるか」

「承知しました」

末吉はさっそく蛤寿司をつくりはじめた。

彩りが美しく、食べてもうまい寿司だが、つくり方はなかなかにむずかしい。

まず玉子に砂糖と塩、それに水で溶いた片栗粉をまぜ、よくかきまぜていったん濾《こ》す。

次に薄焼き玉子をつくる。小さめの浅い鍋に油を薄く引き、玉子を静かに流し入れる。焼き色が濃くならないように、すぐ火から外すのが骨法《こつぽう》だ。表がいくらか乾いてきたら、菜箸《さいばし》を一本差し入れて、ゆっくり持ち上げて素早く裏返す。初めのうちは、ここでしばしばしくじった。

裏にも火が通ったら、裏返した盆笊《ぼんざる》の上に取って冷ます。これで薄焼き玉子の出来上がりだ。

寿司飯の具は好みでいい。胡麻に焼き海苔にちりめんじゃこ、何でもよく合う。これはほどよい大きさに丸めておく。

薄焼き玉子はていねいに四つ折りにし、一つ目の袋に寿司飯を詰める。

ただし、これだけでは画竜点睛《がりようてんせい》を欠く。ここからが仕上げだ。金串を十分に熱して、じゅっと焦げ目をつけてやる。こうすれば、海の恵みの蛤がかたちを変えて江戸の町に現れる。

「うん、いい按配に玉子ができてるな。うめえ」

長吉のお墨付きが出た。

「ほっとしました」

「ただし、魚料理はまた違うぞ。魚の命を取ってつくるんだから、おれの手で成仏させてやるという気合でやらないとな」

「成仏……分かりました」

末吉は神妙な面持ちで答えた。

形見の包丁で魚を成仏させてやれば、死んだお兄ちゃんも浮かばれるはずだ。一緒に気張ろう。

末吉はあらためてそう心に誓った。

「なら、ちょいと急だが、明日の晩からうちに寝泊まりしてくれ」

「はい」

「のどか屋にはまだご両親が泊まってるんだろう？」

「ええ。こないだ顔を見せて、江戸のめぼしいところは見てしまったから、そろそろ帰ろうかと言ってました」

「だったら、明日、ご両親のとこへ寄ってからうちへ来な。今日は帰りにのどか屋へ伝えといてやるから」

話がとんとんと決まった。

「親御さんに弁当でもつくってやんな」

「いまの蛤寿司がいいじゃねえか」

「吉巻きだっていけるぞ」

職人衆がさえずる。

細巻きをいくつかより合わせて太巻きにし、切り口で字や絵を見せるのが細工寿司の手わざだ。

吉太郎はいろいろと思案と工夫を重ね、どこを切っても「吉」の字が現れる寿司を編み出した。縁起物として、すっかり「小菊」の人気の品になっている。

「では、腕によりをかけて吉巻きをつくります」

末吉は言った。

ちょうどいい按配に、末吉にも父の亥之吉にも死んだ兄の大吉にも「吉」が入っている。血の絆の文字だ。

「よし、じゃあ、明日から頼むぞ」

長吉が右手を差し出した。

「よろしくお願いいたします」

わが手を作務衣で拭いてから、末吉はその手をしっかりと握り返した。

二

「そろそろお見えかな」

おちよが外に出て、様子を見ていた。

昼のかき入れ時が終わり、中休みになった。おけいをはじめとする女たちがばたばたと動き、掃除を済ませて真新しい浴衣を置く。床の間には切り花を飾り、新たな客を迎える準備が整った。

座敷には亥之吉とおれんがいた。すでに旅装を整えている。息子の顔を見て、浅草へ行く途中で別れたら、その足で館山に向かうことになっていた。

「今日はどちらへお泊りで？」

南瓜《かぼちゃ》の煮物の仕込みをしながら、時吉がたずねた。

「足まかせですが、行徳《ぎょうとく》あたりまで行ければと」

亥之吉が足を軽くたたいた。

「あの子が遅くなるのなら、べつに深川あたりでも」

おれんが穏やかな顔つきで言う。

「そうだな。行きに寄った蕎麦屋にまた寄ってみたいし」

「あのお蕎麦はおいしかったですものね」

話を聞くと、角《かど》が立った、よそでは出ないうまい蕎麦だという。いつかその「やぶ浪《なみ》」という蕎麦屋へ行ってみたいものだ、と時吉は思った。

「あっ、見えましたよ、末吉さん」

おちよが弾んだ声をあげた。

「おにいちゃーん」

と、千吉が手を振る。

末吉も笑顔で手を振った。

父と母は座敷から下りて出迎えた。

「これから修業先だな」

「達者でね」

末吉はうなずき、背に負うた籠《かご》から包みを取り出した。

「巻き寿司をつくってきたんだ。帰りに食べてくれ」

「ありがとうね。いただくよ」

母が受け取る。

「細工も入ってるから」

「どんな細工だ？」

父が問うた。

「それは、開けてのお楽しみで」

「そうか。楽しみにしとくよ」

亥之吉は笑みを浮かべた。

「なら、今夜からおとっつぁんのところに住み込みですね」

おちよが声をかけた。

「はい、お世話になります」

末吉は籠を下ろして頭を下げた。

さらしに巻いた包丁が一本増えていた。兄の形見に加えて、吉太郎からも細工包丁をもらった。何よりの餞別《せんべつ》だ。

そこに、もう一つ、道具が加わった。

「これは鱗《うろこ》取《と》りだ。あつらえてつくってもらった品だから、使ってくれ」

時吉が餞別を渡すと、末吉は両手で押しいただいて受け取った。

「ありがたく存じます。大事に使わせていただきます」

「いいものをもらったな、末吉」

「それでおいしいお料理をつくっておくれ」

両親が声をかけると、末吉は感慨深げにうなずいた。

「なら、浅草の御門のあたりまで一緒にまいりましょう」

時吉が身ぶりをまじえて言った。

「千ちゃんも、いく」

千吉が前へ一歩進み出た。

「じいじのところだぞ」

「うん」

わらべは力強くうなずいた。

「よし、じゃあ背中に乗れ」

時吉が身をかがめて背を見せると、千吉は心得てすぐ飛び乗った。

「お見送りをしてくれるのかい、千坊も」

すっかりなじんだおれんが笑顔で言った。

「ながながと、ありがたくぞんじまちた」

いくらか舌は回らないが、千吉が大人びた口調で言ったから、おのずと場に和気が満ちた。

「では、みなさん、長々とお世話になりました」

亥之吉が見送りの者たちに向かって頭を下げた。

「いってらっしゃいませ」

おけいが礼をすると、ほかの娘も和した。

「道中、くれぐれもお気をつけて」

と、おそめ。

「またのお越しをお待ちしております」

おしんも言った。

初めは案じられた娘たちだが、すっかり旅籠の水に慣れたようだ。

「館山から江戸へ、またおいしい魚を届けてくださいましな」

最後におちよが言った。

「のどか屋さんで過ごした日のことを、ずっと忘れませんよ」

亥之吉はそう言って、手にしたものにちらりと目をやった。

大吉の位牌だ。

これが江戸の見納めになる。袱紗に包まず、手のぬくもりを伝えながら、しばらくは運ぶつもりだった。

「では、ごきげんよう」

何かを思い切るように、おれんが言った。

「ありがたく存じました」

のどか屋の女たちの声がそろった。

三

別れのときが来た。

浅草御門前の往来を避け、館山から来た家族は足を止めた。末吉はこれから時吉とともに福井町の長吉屋に向かう。亥之吉とおれんは橋を渡り、故郷へ戻る旅につく。

「なら、達者でな」

末の息子に向かって、父は言った。

「ああ、おとっつぁんもな」

末吉がうなずく。

「初めから無理をおしでないよ。ゆっくり、ゆっくりね」

おれんが穏やかな表情で言った。

「おっかさんも……達者でな」

思いをこめて、末吉は言った。

「大吉とも、これで別れだ」

亥之吉は位牌を差し出した。

末吉がつかむ。兄の位牌をしっかりと握る。

「おいらには、これがあるから」

位牌から手を離すと、末吉はふところをそっと押さえた。

形見の包丁はしっかりと持ってきた。夢を叶えるために、これからともに長吉屋で修業に励む。

「ああ。見世を開いたら、館山にすぐ文《ふみ》をやってくれ。おとうとおかあは、きっと行くから。おまえの見世に、うまい魚料理を食べに行くからな」

父の言葉に、息子は涙をこらえて無言でうなずいた。

そんな家族のさまを、時吉は黙って見守っていた。

たとえいまは離れても、絆が切れることはない。館山の海で死んだ大吉は、浜の守り神になっている。うまい魚をさぞやたくさん網にかけてくれるだろう。

その魚を末吉が形見の包丁でさばき、さまざまな料理をつくる。絆はこうしてつながっていく。


夕鰺、夕鰺……

ちょいと早いが、夕鰺……

聞き覚えのある声が響いた。

のどか屋で鰺のなめろうをつくったときに仕入れた、あの棒手振りだ。

「おっ、お発ちかい？」

棒手振りも気づいた。

「はい、これから浅草の長吉屋さんで料理の修業に」

末吉が答えた。

「そうかい、気張りな」

「ご両親はこれから館山に帰るところだ。網元だから、おいしい魚を届けてくれるだろう」

時吉が言った。

「そりゃ、よしなに」

気のいい棒手振りが頭を下げる。

「いまの時分は足が早くて無理だが、冬場に風向きが良けりゃ早船を出すんで」

「無理しないでくれ、おとっつぁん」

末吉がすぐさま言った。

大吉が命を落としたのも、江戸への早船だった。

「干物でもいいぜ。おいら、活きた魚売りだけど、干物がいちばん好物なんだ」

棒手振りは白い歯を見せた。


夕鯵、夕鯵……

味な、夕鯵……


声が遠ざかっていく。

そろそろ頃合いになった。

「では、長々とお世話になりました」

亥之吉は時吉に向かって右手を差し出した。

「こちらこそ、ありがたく存じました」

時吉は網元の手をしっかりと握った。

あたたかさが伝わる。

これで永の別れになるかもしれない。二度と会うことはないかもしれない。

そう思うと、その手をなかなかに離しがたかった。

「館山のみんなに、のどか屋さんを勧めておきますので」

おれんが笑みを浮かべる。

「どうかよしなに」

それであいさつが終わった。

両親と息子は、それぞれの向きに歩きはじめた。

「達者でな」

父は重ねて言った。

「風邪を引かないでね」

母も和す。

「ああ。……また、いつか」

末吉はそう言うと、何かを思い切るように体の向きを変えた。

そして、二度と振り向かなかった。

四

急ぐ旅ではない。その日は無理をせず、深川の八幡宮の前の旅籠に泊まった。

やぶ浪に寄ろうかとも思ったが、末吉からもらった包みがあることを思い出した。

太巻きが入っているという包みはずっしりと重かった。

「悪くなったらあの子に申し訳ないから、いただくことにしようかね」

おれんが言った。

「そうだな。茶をもらおう」

亥之吉はさっそく宿に伝えたが、おかみは大儀そうで、茶もなかなか出なかった。

「のどか屋に慣れると、よその宿のあらが目立つな」

「ほんに、よくしてくださったから」

「娘さんたちも一生懸命だった」

長逗留になったから、おちよやおけいはもとより、おそめとおしんとも顔なじみになった。それぞれの身の上も聞いた。

「わたしたちは大吉を海で亡くしただけだけど、おそめちゃんはご両親を亡くしたし、おしんちゃんも弟さんを亡くした。江戸では火事でほんとにたくさんの人が亡くなったのね」

おれんはしみじみと言った。

「そうだな。難に遭わなかった館山の者が嘆いてたら、申し訳がないくらいだ」

「ほんにねえ……つらいのはわたしらだけじゃない、もっとつらい思いをしている人はたんといる。そう思ったら、なんだか心の荷が軽くなったような気がするわ」

おれんが笑みを浮かべたとき、ようやく茶が入った。

宿の者が去り、夫婦だけになると、亥之吉はおもむろに位牌を取り出した。

「末吉の寿司を食って帰るぞ」

そう語りかける。

おれんが包みを解いた。

「まあ、きれい……」

嘆声がもれた。

少し口がゆがんでいるが、どの太巻きの切り口にも「吉」の字が鮮やかに浮かんでいた。

「上手じゃないか」

亥之吉は目を細めた。

「口のところは細い海苔巻きになってるのね」

「そうだな。あとは玉子焼きや干瓢や胡瓜や沢庵で、きれいに字をつくってる」

「じゃあ、さっそく」

「ああ、いただくことにしよう」

二人は吉巻きを口中に投じた。

息子がつくった細工寿司はうまかった。寿司飯にも具にも、しっかりと味がついていた。

「うまい……」

亥之吉がうなった。
おれんは何も言わなかった。黙ってうなずいただけだった。
夜になると風が出てきた。その哭《な》き声のなかに、なつかしい者の声もまじっている
ような気がしてならなかった。
どちらも無言で吉巻きを食した。いささか苦すぎる番茶を折にふれて呑み、また次
の太巻きに手を伸ばす。
だんだん残りが少なくなってきた。
「食ったか？」
父は息子の位牌に語りかけた。
「まだまだ道は遠い。食っとかないと持たないぞ」
亥之吉は言った。
どこからか、風が吹きまどってきた。その風は行灯の炎をかすかに揺らした。
俗名、大吉。
位牌の文字のたたずまいがわずかに変わる。
吉の字が、笑みを浮かべたように見えた。

第十一章　冷やし汁粉

一

お盆が近づいた。
大火のあとに初めて迎える新盆《にいぼん》だ。

江戸中がにぎはふ盆のさびしさよ

いささか気の早い、そんな柳句が詠まれた。
大火で多くの人が亡くなったあとだから、江戸の盆は里帰りでにぎやかになるだろうが、それは寂しい光景だという句意だ。

ほっこり宿ののどか屋は順調だった。むろん、照る日があれば曇る日もある。泊まり客がなく、朝の膳も出せない日もときにはあった。

しかし、それは致し方がない。初めのうちは部屋に空きがあるとおちよやおけいが懸命に呼び込みをかけていたものだが、それでは身がもたない。暇な日が続かないかぎり、客が来るのを待つことにした。

幸い、ずっと閑古鳥《かんこどり》が鳴くことはなかった。昨日は暇だったのに、今日は泊まりを望む客が次々に訪れて断らざるをえないということもしばしばあった。うまく均《なら》して来てくれればいいのだが、なかなかそうもいかない。

まだひと月あまりだが、のどか屋の朝膳が気に入って重ねて来てくれる行商人や問屋の番頭なども出はじめた。ほっこり宿の船出は順風に恵まれ、むやみに荒波にもまれることはなかった。

小料理屋も朝昼夕ともににぎわっていた。朝膳だけを目当てに訪れる棒手振りや大工衆など、なじみの客がだんだんに増えた。朝膳は値が安く、腹がふくれて身の養いにもなるから、口から口へと伝えられて、このところはまだ起きてこない泊まり客の席の心配をするまでになった。

ただ、外から来る客が朝から腰を落ち着けることはない。いまのところは案じるまでもなかった。

昼は近場の職人衆などがちょくちょく来てくれるようになった。中休みが入ることも客に伝わった。朝膳では間に合わない煮魚などが出るから、ほかの町から昼を目当てに来る客も多かった。

しかし、のどか屋がいちばんのどか屋らしい料理を出すのは、中休みのあとだ。岩本町、いや、三河町のころから変わらぬ素朴だが小粋な小料理が出る。

旅籠に休みがない分は、代わるがわるに休んでひと息つくことにした。時吉も休めるときはおちよに厨を託して休むようにした。

もっとも、もっぱら千吉の相手だ。時吉は足の悪い息子を背負い、ほうぼうの草市や露地見世などにつれていった。

千吉は器を選ぶのが好きで、母親の血を引いたのか、なかなかいい目をしていた。千吉が選んだ茶碗などを見世で使ってやると、よほどうれしかったのか、

「それ、千ちゃんがえらんだの」

と、いくたびも同じことを教えた。

おちよが休むときは、おけいがおかみの代わりをつとめた。さすがに年かさだけあって、酌も堂に入ったもので、客との話もずいぶんと弾むようになった。

おちよの休みも千吉の相手だった。長吉がうるさいから、折にふれて孫の顔を見せに行かなければならない。長吉屋に行ってみると、末吉はいい顔で修業に励んでいた。

その話を聞いて、時吉も娘たちものどか屋の客も、こぞって顔に喜色を浮かべた。

二

「夏はやっぱりそうめんがさっぱりしていいね」

隠居がそう言って、つるっと麵をすすった。

その音だけでうまさが伝わってくる。薬味は茗荷と生姜と白胡麻だ。

大和梨川藩の勤番の武士たちから、いい下りそうめんが入った。七夕《たなばた》の贈答用に用いられるそうめんが余ったからと、のどか屋に回してくれたのだ。

「さっぱりからこってりまで、のどか屋はなんでもござれだからな」

湯屋のあるじの寅次が言った。

今日は湯屋が休みだから、「小菊」の近況を伝えがてら、棒手振りの富八とともにのどか屋ののれんをくぐってくれた。おとせはようやく本復し、赤子を背負いながら見世に出はじめたらしい。母子ともに、もう心配はないという医者の太鼓判も捺された。寅次は貼りついていた薄紙が一枚はがれたような顔つきをしていた。

「この鰯《いわし》だって、ただものじゃねえや」

「酒が進む進む」

仕事を終えてきた左官衆が座敷から声をあげた。

今日は鰯が入ったから、大急ぎでさばいて朝膳は蒲焼き丼にした。鰯はとかく足が早いが、活きのいいものは蒲焼きにできる。のどか屋の命のたれもまぜてつくった自慢のたれで焼きあげた蒲焼きはまさに絶品で、なかには「こんなうめえものを食ったことがねえ」と涙を流す客までいた。

残った鰯は昼膳の生姜煮にした。

うろこを落とした鰯の頭を切り落とし、苦玉というところを除いて洗う。それから、わたをつけたまま二つもしくは三つに筒切りにする。

鍋底に細かな切れ目を入れた竹の皮を敷き詰め、千切りの生姜を散らしておく。その上に鰯を並べて、酢と水を注いで落とし蓋で煮る。

大事なのは、ほど良いところで煮汁をいったんすべて捨てることだ。初めの煮汁には、鰯の臭みと脂身が溶け出している。それを捨てて、新たに煮汁を加えることによって、格段にうまくなる。

骨までやわらかく煮えたら、醤油と味醂を加え、煮汁がなくなるまでことことと煮詰める。最後に芥子《けし》の実を振り、煮詰まった生姜を添えれば出来上がりだ。

「こりゃあ、生姜だけでもうまいね」

季川がうなった。

昼膳の分がいくらか残ったので、酒の肴にした。それを見越して、昼は冷めてもうまいものを多めにつくる。

「いやいや、やっぱり鰯と一緒に食わないと、ご隠居」

寅次が言った。

「鰯の蒲焼きを食いたかったなあ」

と、富八。

「また鰯が入ったら出しますので」

冷やし小芋の仕上げをしながら、時吉は答えた。

しっかりと味をつけた小芋の煮物も朝と昼の膳に出した。残りは冷やして装いを変えてやる。

青柚子《ゆず》の皮をおろし、上からはらりと茶筅《ちゃせん》でふりかけてやる。冷えてもうまい小芋がこれでしゃきっと生き返る。

「うめえ」

「この小芋なら、いくらでも胃の腑に入《へえ》るな」

左官衆に小鉢を出したところ、たちまち座敷がわき立った。

いちばん高いは　富士の山……
一番、二番、三番よ……

表から手毬唄が響いてくる。

見世はおけいに任せて、おちよとおそめが千吉を遊んでやっていた。

新しいのどか屋にすっかりなじんだ猫たちが、毬の動きに合わせて動く。ときには毬を取ってしまう。そのたびに邪気のない笑い声が響いた。

「おう、ちょっと見ねえうちにうまくなったじゃねえか」

聞き覚えのある声が響いた。

しばらくご無沙汰だった、あんみつ隠密だった。

三

「そりゃあ、ちょうど良かったな」

安東満三郎は長い顔に笑みを浮かべた。

今日は夕方にわらべづれが泊まる約が入っている。そこで、甘い羊羹《ようかん》をつくって冷やしてあった。おあつらえ向きに多めにつくってあったから、小料理屋の客にも出せる。

「うん、甘え」

さっそくあんみつ隠密にだけ供すると、お得意のせりふが出た。

「つぶ餡がうめえなあ」

感に堪えたように言うと、安東は「さて」とひと言発して座り直した。

「お待たせしました」

できたばかりの青唐辛子の焼き浸しを座敷に運んでいくおそめをちらりと見てから、あんみつ隠密はやおら切り出した。

「今日来たのはほかでもねえ。さる調べ書に目を通したら、ここの名前が出てきてひっくり返《けえ》るほど驚いたんだ」

「のどか屋の名前がかい？」

隠居が目を瞠《みは》る。

「そうなんですよ。どういう判じ物だと思う？」

謎をかけるように、安東満三郎は時吉にたずねた。

「お調べにうちの名が？」

時吉の顔つきが変わる。

おちよとおけいも千吉とともに戻ってきた。いきさつを伝えると、おちよの眉間ににわかにしわが寄った。

「うちにお泊まりになったお客さんに何か？」

「いや、そうじゃねえんだ、おかみ」

あんみつ隠密はそう言って、また羊羹をひと切れ口中に投じた。

「じゃあ……」

「旅籠を手伝ってもらう娘さんを決めるとき、三人のうち二人を選んだと聞いた」

安東は話の勘どころに入った。

「ひょっとして、おやえちゃんが……」

おちよは思い当たった。

「そのとおりだ。危ねえところだったな」

あんみつ隠密はそう言うと、子細を語りはじめた。

「本当の名はおやえじゃねえ。行徳で親が働いてるっていうふれこみだったそうだが、娘を操ってたのは上方《かみがた》から来た悪党だった」

「上方から来た……」

おちよが瞬きをする。

「大火のあとに荒稼ぎをしようと思って出てきた悪党だ。ほかにも娘らを鵜飼《うか》いの鵜みてえに操って、ほうぼうの旅籠に送りこんでは盗みを繰り返してやがった」

「ひでえことをしやがる」

「災難に遭った江戸を食い物にしようとしたんだな」

「人のすることじゃねえぜ」

座敷の左官衆から怒りの声が飛んだ。

時吉はふっと一つ息をついた。

おちよと目が合う。

言葉はいらない。それだけで通じ合うものがあった。

危ないところだった。勘は正しかった。おやえの目だけ笑っていなかったのは当然だった。おのれの正体を隠し、これから旅籠にもぐりこんで、ひと仕事しようともくろんでいたのだから。

「ずいぶんと稼いだのかい、悪党は」

隠居がたずねた。

「旅籠に送りこんだ娘は、分かってるだけでも六人いる。なかにはほうぼうの宿を渡り歩いてあきんどの巾着《きんちゃく》を切っていたやつもいる。一人あたま二十両だとしても、軽く百両を越える荒稼ぎだ」

安東はそう告げて、大きな舌打ちをした。

「押し込みをするより稼ぎになるわけか。とんでもねえ野郎だな」

寅次が腕組みをした。

「そりゃあ、みんなお仕置きだろうぜ」

隣の富八が力む。

「銭を十両盗ったら、よほどのいきさつがなけりゃ首が飛ぶんだ。こたびの盗みはたちが悪いからな。町奉行も容赦はしねえだろうぜ」

あんみつ隠密の言うとおりになった。

悪党はもとより、手先として盗みを重ねていた娘たちも、のちにことごとくお仕置きとなった。悪党はもともと女衒《ぜげん》で、娘たちはすべてわが息のかかった者たちだった。ただ打ち首にするだけでなく、見せしめのために江戸市中引き廻しになった。旅籠荒らしをしていた娘たちが後ろ手に数珠つなぎに縛られて引き廻されていくさまは、かわら版にもなったほどで、江戸の人々の耳目《じもく》を引いた。

まだ信じられない思いもあったので、おちよはのどか屋を時吉に任せて引き廻しを見にいった。

罵声を浴びてうなだれている娘もいたが、おやえと名乗っていた娘は傲然《ごうぜん》と馬上から見物衆を見下ろしていた。

「おやえちゃん！」

おちよは声をかけた。

悪党の手先だった娘は気づいた。おちよのほうを見て薄ら笑いを浮かべると、死罪になる娘はやにわにつばを吐き捨てた。

「まさか、おやえちゃんがそんな人だっただなんて……」

同じ場にいたおそめは血の気のない顔つきをしていた。ほかの旅籠で支度をしていたおしんも、あとでその話を聞いて言葉をなくしていたものだ。

「でも、おそめちゃんにして良かったわ。ねえ、おまえさん」

おちよは時吉に言った。

「そうだな。願《がん》がかかっているという紅白まんじゅうを食べられなかった二人に決めて、本当に良かったよ。うわべの調子だけに乗っていたら、大変なことになるところだった」

と、時吉。

「旅籠は信が第一だからな。悪い評判が立ったらまずかろうよ」

あんみつ隠密はそう言うと、またとくにこしらえてもらった白玉あんみつを口に運んだ。

白玉粉を水でこね、細長くしたものを等分に切り、片栗粉を手につけてきれいな玉のかたちにする。大きな鍋に湯を沸かして白玉を投じると、火が通った玉から順に浮きあがってくる。まさに玉にたましいがこもっているかのような面白いさまだ。

この白玉を冷たい井戸水で締め、角切りにした寒天とつぶ餡とともにすすめる。これよりないほど簡明な品だが、安東満三郎は実にうまそうに食べてくれる。

「これからも、よろしくね、おそめちゃん」

おちよがあらためて言った。

「はい……どうかよしなに」

「明日は大丈夫だからね。ゆっくりしてきて」

おけいが声をかけた。

「すみません。お盆なので」

おそめは申し訳なさそうに言った。

「墓参りでもするのかい？」

隠居が問う。

「ええ……でも、無縁仏なので」

「骨も遺品もねえのかい」

左官衆の一人が問う。

「おとっつぁんもおっかさんも、何一つ見つかりませんでした」

今度は無念そうに言う。

「だったら、どこへお参りに行くんだい？」

湯屋のあるじがたずねた。

「根岸《ねぎし》のお寺で、慰霊塔をつくってくださったそうです。明日はお休みをいただいて、そちらへお参りに行ってきます」

「そうかい。同じようなお仲間もたくさん来るだろうよ」

「お仲間だけじゃねえ。おとっつぁんとおっかさんもきっと来てくれるさ」

左官衆が励ました。

ここで時吉が次の肴を出した。

枝豆のかき揚げだ。枝豆は塩ゆででもむろんうまいが、衣を振ってまるくかためてから揚げてやると驚くほどうまい。目にも鮮やかな、夏の恵みのひと品だ。

「このかき揚げの枝豆みたいに、ご両親のいろんな思い出がぎゅっとかたまっているだろうよ」

隠居がやさしい顔で言った。

「その一つ一つが、何よりの形見じゃないか」

それを聞いて、おそめは黙ってうなずいた。

「おそめちゃんだけが持ってる、大事な形見ね」

おちよが言うと、何かを思い出したのか、おそめの目が急にうるんで初めの涙がこぼれた。

四

「そろそろついたころかしら、おそめちゃん」

座敷のふき掃除をしながら、おちよが言った。

「根岸の外れだと、浅草の長屋に帰るまでだいぶかかるな」

蛸の煮物の火加減を見ながら、時吉が答える。

よく煮るとやわらかくなるが、蛸の味も抜けてしまう。ここは骨法どおり、大根でよくたたいてやわらかくするのがいちばんだ。

長逗留をする客が飽きないように、このところは毎日飯の按配を変えるようにしている。昨日は麦とろ飯だったから、今日は牛蒡《ごぼう》と油揚げの味ごはんにした。

夕方に着いたわらべの客の腹具合が夜中に悪くなり、ずいぶんと気をもんだが、備えをしてあった薬を与えたところ、幸い調子が良くなった。やはり備えあれば憂いなしだ。

すっかり腹具合がよくなったわらべは味ごはんが気に入ったらしく、三杯もお代わりをしてくれた。おかげで、のどか屋じゅうが笑顔になったものだ。

「あんまり遅くならないといいけど」

「提灯の備えはあるだろうから」

時吉がそう答えたとき、外からのどかとちのが帰ってきた。

中休みの時は一枚板の席が空くから、猫が気持ちよさそうに寝ていることが多くなった。夏場はひんやりとした板が心地いい。居心地のいい場所を探すことにかけては、猫の右に出るものはない。

「帰ってきてくれればいいわね、おそめちゃんのおとっつぁんとおっかさん。……はい、ちょいとどいてね」

おちよはそう言って、のどかをひょいと持ち上げて一枚板の席をふいた。

「今度はおまえ」

ちのの首根っこをつかんで持ち上げ、同じようにふく。

寝ているところを起こされた猫は不服そうにしっぽを振ると、またふわあと大きなあくびをして寝てしまった。

同じころ――。
おそめは根岸の寺に向かっていた。

道が分からなかったらだれかに訊こうと思って出てきた。とりあえず曲がるところは分かった。同じ道を行く者がいくたりもいたからだ。

「もし」

慰霊塔のある寺に続くとおぼしい道を進んでいると、だしぬけにうしろから声をかけられた。

振り向くと、御店者《おたなもの》とおぼしい若者が立っていた。小ぶりの若竹色の風呂敷包みを背負っている。

「はい……」

おそめは小声で答えた。

「無量寺《むりょうじ》へまいりたいのですが、こちらの道でよろしいでしょうか」

澄んだ目をした若者がたずねた。

「わたしもそのお寺に行くところです」

おそめはいくぶん警戒しながら答えた。

「さようでしたか。では、間違いないですね」

若者は笑みを浮かべ、一つ頭を下げてから先へ歩いていった。

無量寺の慰霊塔の頂《いただき》には、観音様が据えられていた。日の光に照らされたそのお顔はとてもありがたく、拝んでいるうちに涙がこぼれてきた。

（ああ、おとっつぁんもおっかさんも、仏様になったんだわ……）

おそめはそう思った。

（もう火の中で苦しむこともない。あの観音様の向こうの浄土で、安楽に暮らしてる）

目が真っ赤になったおそめの顔に、やっとかすかな笑みが浮かんだ。

お参りの客はずいぶん多かった。それを当てこんで、屋台までいくつか出ていた。そのなかに、冷やし汁粉の屋台があった。のどか屋のものほどではないが、小ぶりの白玉も入っている。

甘いものが好きなおそめは、我慢できずに一杯買った。

どこでいただこうかと境内を見回していたところ、石段に腰掛けて冷やし汁粉を食べていた者と目が合った。

さきほどの若者だった。

「よろしかったら、こちらで」

若者は少し迷ってから身ぶりで示した。

おそめも迷った。おやえがとんだ食わせ者だったというびっくりするような話がよみがえってくる。

だが、ほかに適当なところもないし、立っていただくのも気が進まなかった。

若者に引き寄せられるように、おやえは石段のほうに向かって腰を下ろした。

若者は多助《たすけ》と名乗った。大火の難を逃れた浅草の美濃屋《みのや》という小間物問屋で手代をつとめているらしい。お盆の今日は、とくにお暇をもらってこの寺を訪れた。

大火で亡くなった両親の霊を弔うためだ。多助とおそめは、同じ身の上だった。

「そうだったのかい」

多助の声音が変わった。

「おいらは御店に住みこみだったから、おとっつぁんとおっかさんを助けることができなかった。それがつらくて……」

実直そうな若者の顔がゆがむ。

「わたしも、一人だけ助かっちゃって」

「分かるよ」

しばらくは黙って冷やし汁粉を食べた。

格別に冷えてはいず、白玉も小粒なものが申し訳程度に入っているだけだったが、忘れがたい味がした。

「でも、お参りに来てよかったな」

先に食べ終えた多助が言った。

顔を上げ、観音様のほうを見る。

おそめもうなずく。

それから、同じほうを見て言った。

「ちょっとだけ、荷が軽くなったような気がする」

「そうだね」

多助はすぐさま答えると、かたわらに置いてあった木箱に手をやった。それが風呂敷包みの中身だった。

中には形見を入れてきた。焼け跡を探すと、母が使っていた手鏡と、父の愛用の煙管が見つかった。それだけを大事に持ち帰り、しばらくは肌身離さず持っていた。

焼け焦げたそれを見せると、おそめはいくたびも瞬きをした。

「わたしは……形見を見つけられなかったの。持っているのは、思い出だけ」

おそめが告げると、多助の表情が変わった。

「ごめん。おいらだけ、こんなものを出しちゃって」

若者はそう言って、あわてて形見の品を箱にしまおうとした。

「ううん、いいの」

おそめは笑って首を横に振った。

「ご両親にも見せてあげて、あの観音様を」

と、日に照り映えるものを指さす。

多助は手を止め、笑みを返した。

何かは分からないが、ほわっとしたものが伝わってきた。

「もう一杯、どうかな？」

多助はたずねた。

おそめはすぐうなずいた。

「うん、いただくわ」

「じゃあ、ちょっと待ってて」

多助はおそめの椀を受け取り、屋台のほうへ急ぎ足で歩いていった。

その後ろ姿を見送ると、おそめはまた観音様のほうを見た。

ちょうど日が移ろい、お顔が逆光になった。

あそこにいる、とおそめは思った。

おとっつぁんもおっかさんも、あそこにいる。

それだけじゃない。

多助さんのご両親も、あの大火で亡くなったたくさんの人たちも、あそこにいる。

この江戸で生きている人たちを見守ってくれている。

そして、見えない絆をつないで……。

おそめがそこまで考えたとき、多助が二つの椀を手にして戻ってきた。

その笑顔が、いやにくっきりと見えた。

第十二章　かくや丼

一

「そうそう、いい按配じゃねえか」

豆絞りの料理人が声をかけた。

「はい」

若い衆が包丁を動かしながら答える。

厨に立っているのは、末吉だった。

「小菊」から長吉屋に来てから、末吉はまじめに励んでいた。ときには館山の夢も見るけれども、日に日に慣れてきた。

いまつくっているのは、鯛の引き造りだ。

同じ厚みで、乾かないように素早くつくらなければならない。包丁人の腕が問われる基本の料理だ。

初めのうちはしばしば手が止まっていたものだが、このところは包丁のほうが自然に動くようになった。

「はい、お待ち」

末吉は一枚板の席の客に造りの皿を出した。

「お、きれいにそろってるね」

笑顔で受け取ったのは隠居の季川だった。

のどか屋に中休みが入るようになったから、長吉屋で昼酒を呑むことが多くなった。

「ありがたく存じます」

末吉が頭を下げた。

ほかに、元締めの信兵衛と供をつれた札差が一枚板の席に陣取っている。

「次は天麩羅だ。鮑《あわび》をやってくれ」

「へい、承知」

打てば響くような返事をすると、末吉は包丁を持ち替えた。兄の形見の包丁だ。

切り口が波形になるように素早く動かすのが骨法だ。そうすれば火の通りがよくなってさらにうまくなる。

衣をつけ、余計な衣を飛ばすために油へすべらせるように投じ入れる。これも料理人の見せ場だ。

「ちょいと高すぎるな。もっと低いところからやってみな」

すかさず長吉が教える。

「はい」

すぐさま直せるのが末吉の筋の良さだ。次の天麩羅は思わず客たちからため息が出たほどの鮮やかさだった。

「粋だねえ。江戸の料理人らしくなってきたじゃないか」

隠居が目を細くした。

「いえいえ、まだまだ江戸ののれんをくぐっただけで」

末吉は首を横に振り、揚げたての天麩羅を塩ですすめた。

「筋が良くて、やる気があるんだから、この先どんどん伸びていくよ。……うん、こりゃうまい」

信兵衛が顔をほころばせる。

「昨日今日始めたような味じゃないね、これは」

札差もうなった。

「包丁はわりと年季が入ってるもので」

「ほう」

「亡くなったお兄さんの包丁を使ってるんですよ」

隠居が札差に告げた。

「そうかい……なら、たましいがこもってるな」

札差の言葉に、末吉は感慨深げにうなずいた。

「つらいことや寂しいことがあっても、きっと包丁が助けてくれるよ」

隠居が温顔で言った。

「はい。毎日、兄と話をしながら包丁を研いでます」

「稽古もしてるからな。かつらむきはだいぶ上手になった」

と、長吉。

「今日もやらせていただきます」

「おう、いいぞ。大根どころか、豆腐までかつらむきにしてやれ」

長吉がそんな戯れ言を飛ばしたから、一枚板の席に笑いの花が咲いた。

その晩――。

命じられた仕込みを終えると、末吉はていねいに包丁を研いでから稽古を始めた。

長吉屋にはほかにも住み込みの弟子が何人もいる。ともに切磋琢磨《せっさたくま》する仲間だ。

かつらむきの稽古を始めたのは末吉だけではなかった。厨には寝る間も惜しんで修業に励む若き料理人たちの熱気がこもっていた。

銚子《ちょうし》から出てきた儀助《ぎすけ》という男とは、ことに気が合った。情に厚い儀助は、兄の大吉の話をすると、わがことのように涙を流してくれた。

「うめえなあ、末吉。おいらのほうが古いのによう」

儀助は感心したように言った。

「いや、まだまだ包丁を動かそうと思って動かしてるから」

末吉は首を横に振った。

包丁を動かそうと思って動かしているようではまだ甘い。素材のほうも巧みに動かして、大川の水が海のほうへ流るるがごとくに自然に切れていくようにならなければ一人前の料理人じゃない。

長吉はそう教えた。

「おいらはいつになったらそんな名人になれるのかねえ」

儀助は苦笑いを浮かべると、一つ大きなあくびをした。

「末吉はまだ励むかい？」

「ああ、もう少しな」

「気張るなあ。無理するな」

「分かったよ。おやすみ」

「おやすみ」

儀助が軽く片手を挙げて姿を消すと、厨は末吉だけになった。

末吉はさらに稽古に励んだ。薄い紙のように、むらなく大根をかつらむきにしていく。

そのうち、しだいに眠気が募ってきた。朝早くから働きづめだ。包丁を動かしている途中で、末吉はふっと気が遠くなった。

だが、それはほんの束の間だった。

ふと我に返ると、大根が切れていた。同じ薄さで鮮やかにかつらむきにされていた。

包丁を握る末吉の手に、いま切れた大根ほどの薄さで、そっと重ねられているものがあった。

末吉がはっと気づいた拍子に、そのうっすらとしたものの感触は消えた。

それでも、そこはかとないあたたかさは残っていた。まぎれもない血のぬくもりを感じた。

「お兄ちゃん……」

どこへともなく、末吉は言った。

「ありがとう」

そう言うと、包丁の手ざわりが、またかすかに変わった。

二

「朝膳でございます」

おしんが座敷に膳を運んでいった。

今日は早番だ。

同じ長屋に住んでいるから、おけいをかしらにうまく相談してつとめを回してくれている。

「おう、ありがとよ」

「今日は昼までなのかい、おかみ」

朝膳を食べに来た大工衆が声をかけた。

「ええ、相済みません。たまには骨休めをと」

ほかの客に膳を運んでから、おちよが答えた。

旅籠は昼から来るおけいに任せて、小料理屋は休むことにした。戻ったら仕込みがあるのでまるまる休めるわけではないが、たまには息も抜かなければ続かない。

「どこへ行くんだい？」

「前にのどか屋があった岩本町と三河町へ行って、ついでに八辻ヶ原《やつじがはら》で引札の刷り物を配ってこようかと」

「それじゃ、ちっとも骨休めじゃねえじゃないか」

大工衆の一人がそう言ったから、のどか屋に和気が満ちた。

「おはようございます。こちらのお席へどうぞ」

おしんが座敷へ案内した。

ずいぶんと慣れてきて、いい声が出るようになった。

(おとっつぁんはまだ来てくれないけれど、みんなおとっつぁんだと思ってお世話をしてます)

あるおり、おしんは笑顔でそう言ったものだ。

いい子を雇えてよかった。どうか先々に幸いが待っていますように。

おちよも時吉も心からそう思った。

「おめえら、ちょいと詰めな」

「ゆっくり食ってたら、泊まりのお客さんに悪いぜ」

年かさの大工が若い衆に言う。

「どうかお構いなく」

旅慣れた様子の男が如才なく言って、さっそく箸を取った。

今日の飯はかくや丼だ。

いろいろな漬物をまぜたものをかくやと呼ぶ。今日は沢庵と柴漬けと三河島菜の塩漬けを細かく切り、胡麻を振りかけて出した。さまざまな色と味が響き合う、朝から心が弾むような丼だ。

これに平政《ひらまさ》の造りと豆腐の味噌汁、さらに青菜のお浸しがつく。いつもながらのほっこり膳だ。

「ああ、うまかった」

「今日いちんち、気張ろうっていう気になるぜ、のどか屋の膳を食ったら」

「いままで気張る気がなかったのかよ」

「そりゃ、胃の腑の目が覚めてなかったからよう」

「おめえの目は胃の腑にあるのかよ」

そんな大工衆の掛け合いに、泊まり客まで笑みを浮かべた。

「おはようございます」

今度はおちよが声を出した。

起きてきた客を待たせず、朝膳だけの客の気もそこねることなくうまく回していくのがおかみの腕の見せどころだ。

「おう、邪魔したな」

「また来るぜ」

大工衆があわただしく去ると、ちょうど按配よく上から家族の泊まり客が下りてきた。

「いま片づけますので」

時吉まで厨から出て手を貸す。

朝ののどか屋は合戦場《かっせんば》のような雰囲気だった。その声が表に響くから、おのずと呼び込みの代わりになる。前を通りかかった者は、たとえ今日は入らずとも、そのうちのれんをくぐってみようかという気になってくれる。

もう一つの呼び込みは、料理の匂いだ。

厨のほうから、あたたかい味噌汁の香りがほのかに漂ってくる。煮物だったり、焼き魚だったり、それぞれに変わる匂いが前を通りかかる人々を誘う。

「よろしかったら、どうぞ」

ときおり表の様子を見て、入ってくれそうな客がいたら声をかける。そのあたりの呼吸もおちよならではだった。

そのほかに、旅籠を発つ客もいる。これから朝膳を食べる客もいれば、早々と出ていく客もいる。続けての泊まりで、朝遅くまで寝ている者もいる。

そういったところを頭に入れて、見送りを怠らないようにしなければならない。

「ありがたく存じました」

おしんの声で気づいた。

前にも泊まってくれた流山の味醂問屋の番頭が出立するところだった。

「どうぞお気をつけて」

おちよがあわてて出ていく。

「お気をつけて。味醂をよしなに」

包丁を止め、時吉も大声で言った。

問屋からは、長い時をかけて熟成した最高級の味醂を入れてもらうことになった。瓶に入った試しの品の舌だめしをしたのだが、そんじょそこらの酒よりうまい、まさにとろけるような美味だった。

冷やした寒天にかけて食べるだけで十分うまいだろう。あんみつ隠密の喜ぶ顔が目に浮かぶかのようだった。

ことに、うまいのは焼き柿だ。柿を網で焼けば、信じられないほど甘くなる。これにとろける味醂を回しかけてやれば、まさに浄土の味だ。

「承知いたしました。あ、手前にかまわず、料理を続けてくださいまし」

番頭のほうが気を遣ってくれた。

それやこれやで、旅籠付きの小料理屋は帆にしっかりと風をはらんだ。

それはまた、立て直っていく江戸の風でもあった。

三

「ああ、いい匂い……」

おちよが手であおぐしぐさをした。

「おしょうゆ？」

時吉に背負われた千吉が問う。

「そうだな。焼きおにぎりをつくってるんだろう」

のどか屋の昼の部を終え、あとをおけいに託して家族で出てきた。

なつかしい岩本町の角が見えてきたとき、穏やかな風に乗って、醬油が焦げる香ばしい匂いが漂ってきた。「小菊」で焼きおにぎりをつくっているのだ。

見世から流れてきたのは、ぐっとおなかが鳴るような香りばかりではなかった。声も響いてきた。

赤子の泣き声だ。

それを聞いて、時吉とおちよは笑みを浮かべた。

のれんをくぐると、おとせはもう以前と同じ顔色で、岩兵衛を背負って元気につとめていた。

「おう、のどか屋さん、今日は客かい？」

「ここ、空いてるぜ」

なつかしい職人衆が座敷を示す。

「今日はたまの休みで」

「おいしいものを食べに来たんです」

おちよがそう言うと、刷毛で醬油だれを塗っていた吉太郎が笑みを浮かべた。

「ちょうどできあがるところですが」

「なら、焼きおにぎりをもらおうか」

と、時吉。

「承知しました」

吉太郎はまた刷毛を動かしはじめた。

醬油だれを塗って乾いたら、また塗って味を飯にしみこませる。醬油二、酒一の割りでつくった簡明なたれだが、いい醬油を使えば絶品のうまさになる。

「千ちゃんも食べる？」

おちよが問うと、千吉は、

「うん」

と、元気のいい返事をした。

「いい子だな」

「ちょっと見ねえうちに大きくなった」

「この子もあっという間だぜ」

職人の一人がおとせの背の赤子を指さした。

「どう？　体の按配は」

おちよが気遣う。

「おかげさまで。やっと身に芯が入るようになりました」

「そう。それはよかった」

「わたしが休んでるあいだに、末吉さんに手伝ってもらったおかげです。ほんとにいい人を紹介していただいて」

「末吉さんはおとっつぁんの見世で気張ってやってるみたいよ」

そんな話をしているうちに、焼きおにぎりが来た。仕上げにはらりと胡麻を振れば、なおさら香ばしくなる。

「来たぞ。さ、食いな」

時吉が息子の前に皿を出した。

まだあつあつの焼きおにぎりを手に取ると、千吉ははふはふ言いながら食べだした。

「おいしい？」

母の問いに、息子は大きな声で答えた。

「おいしい！」

そのひと言に、「小菊」じゅうに笑いの花が咲いた。

焼きおにぎりのほかに姫いなりも食べ、みんな満足して「小菊」を出た。

姫いなりは小ぶりで彩りの美しい稲荷寿司で、習いごとの帰りの娘さんたちにことのほか人気らしい。おとせが元気になり、「小菊」も繁盛しているさまを見届けたので、時吉とおちよは安堵して次の場所へ向かった。

いくらか遠回りをして、火除けの土手の様子を見にいった。いい按配にできあがっているところもあれば、まだ途中のところもあったが、着実に前へ進んでいた。

焼けた町の普請も同じだ。あれほど無残だった焼け跡がきれいに片づけられ、次々に家が建っていた。

木が若いから、すぐ分かる。江戸は負けず、の心意気の若さだ。

通りをさまざまな人が歩いていた。あの日、いっせいに火から逃げまどった道を、人々はそれぞれの方向へしっかりと歩を進めていた。

「朝膳のかくや丼を思い出すわね」

おちよがふと思いついたように言った。

「いろんな漬け物がまじり合って、丼の味になってるんだ。江戸の町みたいなもんだな」

　通りを行き交う人々を見ながら、時吉は答えた。

「江戸は、どんぶりなの？」

　背に負うた千吉が、また突拍子もないことを口走る。

「そうだ、丼だぞ。江戸は大きな丼なんだ。たとえ割れたってうまく接《つ》いで、元通りになっていくんだ」

「うん」

　千吉は大きくうなずいた。

　八辻ヶ原に着いた。

　時吉とおちよは、持参した引札の刷り物を配った。

　それればかりではない。背から下りた千吉まで、足を引きずりながら人に近づいて刷り物を渡した。

「どーじょ」

「くれるのかい、坊」

「うん」

「なになに、『ほっこり宿のどか屋　うまいあさめしつき』か。よさげじゃねえか」

千吉から刷り物を渡された男が笑みを浮かべた。

「横山町でやっております。よろしかったらお泊りください」

「料理だけでもやっておりますので」

おちよと時吉がすかさず言った。

「どーじょ」

と、また千吉が刷り物を渡す。

わらべの働きで、用意したものはすべてなくなった。

千吉を再び背負うと、時吉とおちよは古巣の三河町に向かった。

のどか屋がのれんを出していたところは長屋になっている。ずいぶん時が経っているから、それはすっかり町並になじんでいた。

「初めはここにのどか屋があったのよ」

おちよが千吉に教える。

「ここに?」

「ああ。火事で焼けちゃったけどな」

時吉が告げると、千吉は神妙な面持ちになった。

せっかく近くまで来たのだから、皆川町《みながわちょう》の青葉清斎の診療所に寄り、千吉の足の具合を診てもらうことにした。

評判の名医ゆえかなり待ったが、千吉はぐずることなく待っていたから大いにほめてやった。

診立ては上々だった。

「足の骨はいい按配に育っています。荷車などの心配がないところで、歩く稽古をしていけば、いっそう動くようになるでしょう」

見知り越しの医者はそんな太鼓判を捺してくれた。

階段の昇り降りをさせているのも、足の稽古にはいいらしい。ついでに脚気《かっけ》なども調べてもらったが、さすがに食い物屋の子で、身の養いが足りていてどこも悪くはないということだった。

気分よく診療所を辞した家族は、出世不動に寄って帰ることにした。

事あるごとにお参りに来たお不動様だ。火事ではぐれたのどかと再会したのもここだった。

だが……。

おちよは一抹の不安を感じた。

いくたびも出世不動にお参りしてきたが、勘ばたらきの強いところがあるおちよはふと胸さわぎを覚えることがあった。

実は、大火の前もそうだった。あとで振り返ると、「ああ」と思い当たることがあった。

しかし、杞憂に終わった。

もう何事も起こりませんように。家族が無事で暮らせますように。

そう願ったあと、ふと見上げた江戸の空はくっきりと青かった。

このしたたるような青空を忘れるまい、とおちよは思った。

千吉はまだ手を合わせていた。

この子に……そして、江戸じゅうの人たちに幸いあれ。

あらためてそう願わずにはいられなかった。

終章　生姜飯

一

「はい、昼膳はあと少しでございますよ」

おちよが表に向かって声をかけた。

朝から働きづめだが、もうひと気張りで中休みだ。

「そう言われたら、食いたくなるじゃねえか」

「お、生姜飯か。前にも食ったけど、馬鹿にうめえんだ」

「なら、入ってやらあ」

二人の客が掛け合いながらのれんをくぐった。

「ありがたく存じます」

「どうぞこちらへ」

　おちよとおそめが席を示した。

　よその旅籠に休みが出たから、おけいとおしんは手伝いに行っている。そのせいでのどか屋の昼どきは目が回るほど忙しかった。

「汁の椀はあんまり端に置くな」

「わかったよ、おとう」

千吉まで踏み台に乗って手伝っている。膳を運ぶのは剣呑《けんのん》だが、椀などを順々に置いていくくらいなら、わらべでも手伝うことができた。

今日の膳は、まず生姜飯だ。みじん切りにした生姜をたっぷり入れて炊き込むと、夏向きのさっぱりとした飯になる。

合わせるのは油揚げだ。うま味を吸ってくれる油揚げは、炊き込みご飯には欠かせない脇役だった。

勘どころは具を入れる順だ。うま味を存分に吸わせたい油揚げは初めから入れるが、香りを活かす生姜はあとから加える。そのあたりの加減も腕の見せどころだった。

「かあ、うめえな、こりゃ。かあっ」

「おめえは鴉《からす》かよ」

「しょうがねえじゃねえか。ほかに言葉が出ねえんだから」

「生姜飯だから『しょうが』ねえか？」

さきほどの二人の客が、もう見世になじんで笑いの花を咲かせる。

「飯もそうだが、魚の皿からも香りがするのがいいね」

一枚板の席から、隠居が言った。

たまには早く来て膳を、とふらりと姿を現し、箸を動かしている。

膳の顔は、鰯の梅煮だ。

煮魚に梅干しを添えてやると、癖がやわらぐとともに、酸味が食欲をそそってくれる。体力が弱ってくるこの時季には、酸味が活を入れてくれる。薬膳の理にもかなった自慢のひと品だ。

このほかに、じゅんさいの汁と青菜の浸しがつく。奴豆腐や納豆の小鉢もある。いかにものどか屋らしい、奇をてらわず身の養いにもなるほっこり膳だった。

「ほんとだな。梅干しをほぐしながら食ったら、馬鹿にうめえや」

「おめえは『馬鹿にうめえ』ばっかりだな」

「だって、うめえんだからしょうがねえだろ」

「また『しょうが』かよ」

そうこうしているうちに、鰯の残りが少なくなってきた。客に断りを入れなくてもいいように、残りを頭に入れておくのが大事なところだ。

「あと五人ね、おそめちゃん」

おちよが告げた。

「はい。表で見てます」

おそめは「したく中」の札を手に取って外へ出た。

その前に、急ぎ足で近づいてきた客がいた。

小間物問屋の手代の多助だった。

二

「まだ大丈夫かい?」

多助が訊いた。

「あ、はい……あと五人なので」

おそめは我に返ったように答えた。

「なら、いただくことにするよ」

目の澄んだ若者は笑みを浮かべた。

「じゃあ、どうぞこちらへ」

おそめは多助をのどか屋に案内した。

ほどなくばたばたと客が入り、「したく中」の札が出た。これでひと息つける。

「お荷物、預かりましょうか」

おそめが多助に声をかけた。

「風呂敷包みを背負っていたら、大儀だろう」

隣になった隠居も言う。

「では、これを……」

多助は背負っていた箱をおそめに渡した。

「今日はあきないですか？」

「うん、膳をいただいたら」

いくらか堅い表情で、多助は答えた。

「こちらはお知り合い？」

雰囲気を察して、おちよがたずねた。

「このあいだ、お盆にお休みをいただいたとき、お寺の慰霊塔で一緒になったんです」

少しほおを染めて、おそめは答えた。

「おいらも……いや、手前もあの火事で二親《ふたおや》を亡くしたもので、お参りに行っておりました」

「まあ、そうだったの」

おちよがうなずく。

「も、申し遅れました。手前は浅草の小間物問屋、美濃屋の手代で多助と申します。あの……あとであきないのお話もさせていただければと思いまして」

多助は箸を置いて言った。

「とりあえず食べて、多助さん」

おそめが身ぶりで示した。

「箱の中身はあきない物ね」

と、おちよ。

「はい、さようです」

「食べ終わってひと息ついたら、見させてもらいますよ」

時吉はそう言って若者の顔を見た。

おやえの一件があったから、あきないが目当てでおそめに近づいてきたのではあるまいかとふと思ったのだが、そんな裏表はなさそうだった。そもそも、小間物問屋は安い品を多く売って身上《しんしょう》を成り立たせているあきないだ。細かな心遣いと腰の低さが何より求められる。手代の若者にもそんな衣が一枚ふわっと掛かっていた。

「どう、おいしい？」

おそめが問うた。

あのあと、二杯目の冷やし汁粉を食べながらいろいろな話をした。おかげで、もう気軽に声をかけられるようになっていた。

「うん。こんなおいしいご飯、御店じゃ絶対食べられないよ」

多助はそう言って、本当にうまそうに生姜飯をほおばった。

その様子を、茶を呑みながら隠居が目を細めて見ていた。

「よし、昼は終わりだ。包丁の稽古をしてもいいぞ」

時吉がそう言うと、千吉はうれしそうにわらべ用の包丁を取り出した。

「手を切るんじゃないよ、千坊」

隠居が声をかける。

「ゆっくり、とんとんする」

千吉はにこっと笑って、大根の端っこを刻みはじめた。なかなか堂に入ってきたから、このところは漬け物にも使うようになった。

「ありがたく存じました」

「またのお越しを」

おちよとおそめの声が響く。

「おう、うまかったぜ」

「また来るよ」

「ありがたく存じます」

時吉も腹から声を出した。

「ごちそうさまでした」

多助が箸を置いた。

座敷の片づけ物をしていたおそめが、箱をさりげなく一枚板の席に運んだ。

茶で喉をうるおし、咳払いをすると、手代はやおらあきないに入った。

「こちらさまの旅籠では、小間物はいかがされておりますでしょうか」

ずいぶんと堅い調子で切り出す。

「うちの旅籠には元締めさんがいて、その知り合いの小間物屋さんから品を入れてもらってるんですよ」

　おちよが申し訳なさそうに言った。

　女の泊まり客のことも考え、どの部屋にも鏡台を据えてある。その引き出しには、ちり紙のたぐいばかりでなく、口紅や眉墨《まゆずみ》や毛抜きなども置いてあった。ときにはたちの悪い客に持って行かれることもあるが、そういったこまやかな気遣いが宿の評判につながっていく。

「さようでございましたか……」

　多助は困ったような顔つきになった。

　見守っていたおそめの表情まで曇る。

「旅籠は元締めさんの義理があるけれど、小料理屋が付いているのはうちだけだからね」

　それと察して、時吉が言った。

「そうしますと、何か要り用なものはございますでしょうか。なんでもご用意させていただきますので」

　多助はにわかに身を乗り出してきた。

「油取りの紙はあるかい？　天麩羅の油を吸わせたり、落とし蓋の代わりに使ったり、なにかと重宝《ちょうほう》なんだ」

「はい、ございます。そういうこともあろうかと……」

小間物問屋の手代は急に元気になって、箱の中を探った。

「手回し良く持ってきたのかい」

と、隠居。

「さようです。これなんですが……」

多助は持参した品を取り出した。

小間物売りはおおむね行商人だ。いくたりものお得意様を抱え、品がなくなる頃合いに次の品を持ってきたりする小回りの利くあきないをする。そんな行商人たちに品をおろすばかりでなく、見世売りもすれば、こうして旅籠などを回って御用もうかがう。小間物問屋はそのような地道なあきないを日々積み重ねていた。

「これはいい紙だな。紙鍋にだって使える」

時吉はすぐさま言った。

魚介の紙鍋は味がしみてことのほかうまい。

「ありがたく存じます」

「なら、この紙を入れてもらおう」

「湯屋に行くお客さんに、ぬか袋もこちらでご用意したほうがいいと思うの」

おちよも案を出した。

ぬか袋は湯屋でも貸しているが、旅籠にあればなおのこと重宝だ。

「それでしたら、茜木綿でつくった紅葉袋《もみじぶくろ》をご用意させていただきます」

ようやくほぐれてきた口調で、多助が言った。紅葉袋とは、ぬか袋を品よく称した言葉だ。

「茜はわたしたちも使ってるから、ちょうどいいと思います」

おそめがたすきに手をやった。

「袋に『の』の字を入れられるかい？」

時吉が問う。

「はい、やらせていただきます」

多助は打てば響くように答えた。

三

表で千吉の声が聞こえる。

あきないの相談を終えた多助とおそめが、毬を放ってわらべを遊んでやっていた。

「なんだか、いい按配じゃないか」

隠居が外をちらりと指さした。

「そうですね。観音様が引き合わせてくれたのかも」

片づけ物を終えたおちよが言った。

「いや、違うんじゃないか?」

仕込みにきりをつけた時吉が厨から出てきた。

「違うって、おまえさん」

おちよはいぶかしげな顔つきになった。

「あの二人が巡り合ったのはお盆だろう?」

謎をかけるように時吉が言うと、おちよははたと思い当たったような顔つきになった。

千吉が大きな声をあげた。

毬にゆきがじゃれついて取ってしまったらしい。

「猫さんに取られちゃったよ、千ちゃん」

おそめが笑う。

「ゆきちゃん、だめ」

千吉が毬を取り返した。

「おいらに投げてくれ。ほら、ここだよ」

多助が手を挙げた。

「なんにせよ、良かったじゃないか。つとめだしたころは陰のある顔つきをしていたからね」

隠居が温顔で言った。

「ほんとですね。旅籠も案じてたけど、いまのところご好評をいただいてるようだし」

「ほっこり宿ののどか屋だからな」

引札の文句を踏まえて、時吉は言った。

「日は照らすほっこり宿ののどか屋を」

すかさず隠居が俳句に仕立てた。

「……したたるばかり恵みの青は」

見世からもわずかに見える青空を指さしながら、おちよがすぐさま付けた。

朝のうちはいくらか雲も出ていたが、いまは一点の曇りもない青空だった。

そのさわやかな青は、なおも毬遊びに興じている若い二人とわらべの上に、幸あれかしといつまでも降り注ぐかのようだった。

〔参考文献一覧〕

志の島忠『割烹選書　春の献立』（婦人画報社）
志の島忠『割烹選書　夏の献立』（婦人画報社）
志の島忠『割烹選書　酒の肴春夏秋冬』（婦人画報社）
志の島忠『割烹選書　茶席すし』（婦人画報社）
志の島忠『日本料理四季盛付』（グラフ社）
平野雅章『日本料理探求全書　しゅんもの歳時記』（東京書房社）
『一流料理長の和食宝典』（世界文化社）
『クッキング基本大百科』（集英社）
鈴木登紀子『手作り和食工房』（グラフ社）
畑耕一郎『プロのためのわかりやすい日本料理』（柴田書店）
野崎洋光『和のおかず決定版』（世界文化社）

田中博敏『お通し前菜便利帳』（柴田書店）
大久保恵子『食いしんぼの健康ごはん』（文化出版局）
福田浩、杉本明子、松藤庄平『豆腐百珍』（新潮社）
金田禎之『江戸前のさかな』（成山堂書店）
フェイスブック「くらさか風月堂」

『復元・江戸情報地図』（朝日新聞社）
今井金吾校訂『定本武江年表』（ちくま学芸文庫）
喜田川守貞著、宇佐美英機校訂『近世風俗志』（岩波文庫）
北村一夫『江戸東京地名辞典　芸能・落語編』（講談社学術文庫）
菊地ひと美『江戸衣装図鑑』（東京堂出版）
三谷一馬『江戸職人図聚』（中公文庫）
稲垣史生『三田村鳶魚江戸生活事典』（青蛙房）
吉岡幸雄『日本の色辞典』（紫紅社）
花咲一男『江戸入浴百姿』（三樹書房）

二見時代小説文庫

ほっこり宿《やど》 小料理《こりょうり》のどか屋《や》 人情帖《にんじょうちょう》13

著者 倉阪《くらさか》鬼一郎《きいちろう》

発行所 株式会社 二見書房
東京都千代田区三崎町二―一八―一一
電話 ○三―三五一五―二三一一［営業］
○三―三五一五―二三一三［編集］
振替 ○○一七○―四―二六三九

印刷 株式会社 堀内印刷所
製本 ナショナル製本協同組合

ISBN978―4―576―15028―4
http://www.futami.co.jp/

二見時代小説文庫

人生の一椀 小料理のどか屋 人情帖1
倉阪鬼一郎［著］

もう武士に未練はない。一介の料理人として生きる。一椀、一膳が人のさだめを変えることもある。剣を包丁に持ち替えた市井の料理人の心意気、新シリーズ！

倖せの一膳 小料理のどか屋 人情帖2
倉阪鬼一郎［著］

元は武家だが、わけあって刀を捨て、包丁に持ち替えた時吉の「のどか屋」に持ちこまれた難題とは…。心をほっこり暖める時吉とおちよの小料理。感動の第2弾

結び豆腐 小料理のどか屋 人情帖3
倉阪鬼一郎［著］

天下一品の味を誇る長屋の豆腐屋の主が病で倒れた。このままでは店は潰れる…。のどか屋の時吉と常連客は起死回生の策で立ち上がる。表題作の他に三編を収録

手毬寿司 小料理のどか屋 人情帖4
倉阪鬼一郎［著］

江戸の町に強風が吹き荒れるなか上がった火の手。店を失った時吉とおちよは無料炊き出し屋台を引いて復興への一歩を踏み出した。苦しいときこそ人の情が心にしみる！

雪花菜飯《きらずめし》 小料理のどか屋 人情帖5
倉阪鬼一郎［著］

大火の後、神田岩本町に新たな小料理の店を開くことができた時吉とおちよ。だが同じ町内にけれん料理の黄金屋金多が店開きし、意趣返しに「のどか屋」を潰しにかかり…

面影汁 小料理のどか屋 人情帖6
倉阪鬼一郎［著］

江戸城の将軍家斉から出張料理の依頼！隠密・安東満三郎の案内で時吉は江戸城へ。家斉公には喜ばれたものの、知ってはならぬ秘密の会話を耳にしてしまった故に…

命のたれ　小料理のどか屋 人情帖7
倉阪鬼一郎［著］

とうてい信じられない世にも不思議な異変が起きてしまった！　思わず胸があつくなる！　時を超えて伝えられる命のたれの秘密とは？　感動の人気シリーズ第7弾

夢のれん　小料理のどか屋 人情帖8
倉阪鬼一郎［著］

大火で両親と店を失った若者が時吉の弟子に。皆の暖かい励ましで「初心の屋台」で街に出たが、謎の事件に巻きこまれた！　団子と包玉子を求める剣呑な侍の正体は？

味の船　小料理のどか屋 人情帖9
倉阪鬼一郎［著］

もと侍の料理人時吉のもとに同郷の藩士が顔を見せて、相談事があるという。遠い国許で闘病中の藩主に、もう一度、江戸の料理を食していただきたいというのだが。

希望《のぞみ》粥　小料理のどか屋 人情帖10
倉阪鬼一郎［著］

神田多町の大火で焼け出された人々に、時吉とおちよの救け屋台が温かい椀を出していた。折しも江戸では男児ばかりが行方不明になるという奇妙な事件が連続しており…。

心あかり　小料理のどか屋 人情帖11
倉阪鬼一郎［著］

「のどか屋」に、凄腕の料理人が舞い込んだ。二十年前に修行の旅に出たが、残してきた愛娘と恋女房への想いは深まるばかり。今さら会えぬと強がりを言っていたのだが…。

江戸は負けず　小料理のどか屋 人情帖12
倉阪鬼一郎［著］

昼飯の客で賑わう「のどか屋」に半鐘の音が飛び込んできた。火は近い。小さな倅を背負い、女房と風下へ逃げ出した時吉。…と、火の粉が舞う道の端から赤子の泣き声が！

夜逃げ若殿 捕物噺　夢千両すご腕始末

聖龍人［著］

御三卿ゆかりの姫との祝言を前に、江戸下屋敷から逃げ出した稲月千太郎。黒縮緬の羽織に朱鞘の大小、骨董目利きの才と剣の腕で江戸の難事件解決に挑む！

夢の手ほどき　夜逃げ若殿 捕物噺2

聖龍人［著］

稲月三万五千石の千太郎君、故あって江戸下屋敷を出奔。骨董商・片岡屋に居候して山之宿の弥市親分とともに謎解きの才と秘剣で大活躍！大好評シリーズ第２弾

姫さま同心　夜逃げ若殿 捕物噺3

聖龍人［著］

若殿の許婚・由布姫は邸を抜け出て悪人退治。稲月三万五千石の千太郎君との祝言までの日々を楽しむべく、江戸の町に出た由布姫が、事件に巻き込まれた！

妖《あや》かし始末　夜逃げ若殿 捕物噺4

聖龍人［著］

じゃじゃ馬姫と夜逃げ若殿、許婚どうしが身分を隠して、お互いの正体を知らぬまま奇想天外な事件の謎解きに挑む。意気投合しているうちに…好評第４弾！

姫は看板娘　夜逃げ若殿 捕物噺5

聖龍人［著］

じゃじゃ馬姫と名高い由布姫は、お忍びで江戸の町に出て会った高貴な佇まいの侍・千太郎に一目惚れ。探索に協力してなんと水茶屋の茶屋娘に！シリーズ第５弾

贋若殿の怪　夜逃げ若殿 捕物噺6

聖龍人［著］

江戸にてお忍び中の三万五千石の千太郎君の前に現れた、その名を騙る贋者。不敵な贋者の真の狙いとは!?許嫁の由布姫は果たして…。大人気シリーズ第６弾

花瓶の仇討ち　夜逃げ若殿 捕物噺7

聖龍人［著］

骨董目利きの才と剣の腕で、弥市親分の捕物を助けて江戸の難事件を解決している千太郎。許嫁の由布姫も事件の謎解きに、健気に大胆に協力する！ シリーズ第7弾

お化け指南　夜逃げ若殿 捕物噺8

聖龍人［著］

三万五千石の夜逃げ若殿、骨董目利きの才と剣の腕で江戸の難事件に挑むものの今度ばかりは勝手が違う！謎解きの鍵は茶屋娘の胸に!? 大人気シリーズ第8弾！

笑う永代橋　夜逃げ若殿 捕物噺9

聖龍人［著］

田安家ゆかりの由布姫が、なんと十手を預けられた！江戸下屋敷から逃げ出した三万五千石の夜逃げ若殿と摩訶不思議な事件を追う！ 大人気シリーズ第9弾！

悪魔の囁き　夜逃げ若殿 捕物噺10

聖龍人［著］

事件を起こす咎人《とがびと》は悪人ばかりとは限らない。夜逃げ若殿千太郎君《ぎみ》は由布姫と難事件の謎解きの日々だが、ここにきて事件の陰で戦《おのの》く咎人の悩みを知って……。

牝狐《めぎつね》の夏　夜逃げ若殿 捕物噺11

聖龍人［著］

大店の蔵に男が立てこもり奇怪な事件が起こった！一見単純そうな事件の底に、一筋縄では解けぬ謎が潜む。千太郎君と由布姫、弥市親分は絡まる糸に天手古舞《てんてこまい》！

提灯《ちょうちん》殺人事件　夜逃げ若殿 捕物噺12

聖龍人［著］

提灯が一人歩きする夜、男が殺され埋葬された。その墓が暴かれて……。江戸じゅうを騒がせている奇想天外な事件の謎を解く！ 大人気シリーズ、第12弾！

華厳《けごん》の刃　夜逃げ若殿 捕物噺13

聖龍人［著］

夜逃げ若殿に、父・稲月藩主から日光東照宮探索の密命が届いた。その道中で奇妙な男を助けた若殿たち。これが日光奉行所と宇都宮藩が絡む怪事件の幕開けだった！

公事宿《くじやど》 裏始末1　火車《かしゃ》廻る

氷月 葵［著］

理不尽に父母の命を断たれ、江戸に逃れた若き剣士は、庶民の訴訟を扱う公事宿で、絶望の淵から浮かび上がる。人として生きるために……。新シリーズ第1弾！

公事宿 裏始末2　気炎《きえん》立つ

氷月 葵［著］

江戸の公事宿で、悪を挫き庶民を救う手助けをすることになった数馬。そんな折、金持ちしか相手にせぬ悪名高い四枚《しまい》肩の医者にからむ公事が舞い込んで……。

公事宿 裏始末3　濡れ衣奉行

氷月 葵［著］

材木石奉行の一人娘・綾音は、父の冤罪を晴らすべく公事師らと立ち上がる。牢内の父からの極秘の伝言は、濡れ衣を晴らす鍵なのか⁉ 大好評シリーズ第3弾！

公事宿 裏始末4　孤月の剣

氷月 葵［著］

十九年前に赤子で売られた長七は父を求めて、十五年前に十歳で売られた友吉は弟妹を求めて、公事師らと共に闘う。俺たちゃ公事師、悪い奴らは地獄に送る！

公事宿 裏始末5　追っ手討ち

氷月 葵［著］

江戸にて公事宿暁屋で筆耕をしつつ、藩の内情を探っていた数馬。そんな数馬のもとに藩江戸家老派から刺客が⁉ 己の出自と向き合うべく、ついに決断の時が来た！

与力・仏《ほとけ》の重蔵 情けの剣

藤水名子［著］

続いて見つかった惨殺死体の身元はかつての盗賊一味だった。鬼より怖い凄腕与力がなぜ〝仏〟と呼ばれる？男の生き様の極北、時代小説に新たなヒーロー登場！

密偵《いぬ》がいる 与力・仏の重蔵2

藤水名子［著］

相次ぐ町娘の突然の失踪…かどわかしか駆け落ちか？手がかりもなく、手詰まりに焦る重蔵の乾坤一擲の勝負の一手！〝仏〟と呼ばれる与力の、悪を決して許さぬ戦い！

奉行闇討ち 与力・仏の重蔵3

藤水名子［著］

腕利きの用心棒たちと頑丈な錠前にもかかわらず、千両箱を盗み出す〝霞小僧〟にさすがの〝仏〟の重蔵もなす術がなかった。そんな折、町奉行矢部定謙が刺客に襲われ…

修羅《しゅら》の剣 与力・仏の重蔵4

藤水名子［著］

江戸で夜鷹殺しが続く中、重蔵は密偵を囮に下手人を挙げるのだが、その裏にはある陰謀が！闇に蠢く悪の所業を、心を明かさぬ仏の重蔵の剣が両断する！

朱鞘《あかさや》の大刀 見倒屋《みたおしや》鬼助《きすけ》 事件控1

喜安幸夫［著］

浅野内匠頭の事件で職を失った喜助は、夜逃げの家へ駆けつけて家財を二束三文で買い叩く「見倒屋」の仕事を手伝うことになる。喜助あらため鬼助の痛快シリーズ第1弾

隠れ岡っ引 見倒屋鬼助 事件控2

喜安幸夫［著］

鬼助は浅野家家臣・堀部安兵衛から剣術の手ほどきを受けた遣《つか》い手の中間《ちゅうげん》でもあった。「隠れ岡っ引」となった鬼助は、生かしておけぬ連中の成敗に力を貸すことに…